Pedro Waloschek

iutta **und die Musiker**
y los Músicos – and the Musicians

AF209858

Umschlagsbild / Imágen Cubierta / Cover Picture
1989-07-28 Urbino „De a dos" (61)

Foto iutta / Foto iutta / iutta Picture:
Andrés Ludewig, Buenos Aires

Pedro Waloschek

iutta und die Musiker
y los Músicos
and the Musicians

1981-2006

172 **Zeichnungen**
Dibujos
Drawings

Impressum

Die Deutsche Bibliothek – CIP-Einheitsaufnahme

Die Deutsche Bibliothek verzeichnet diese Publikation in der
Deutschen Nationalbibliographie; detaillierte bibliographische
Daten sind im Internet über <http://dnb.ddb.de> abrufbar.

1. Auflage, fertiggestellt im Juni 2007

Die Einführung wurde freundlicherweise von Karen Waloschek (Thorney, GB) ins
Englische übersetzt, die Spanische Fassung wurde von Ana Memelsdorff (Buenos
Aires) überarbeitet.

Satz, Layout, Umschlaggestaltung und Vorbereitung für den digitalen Druck:
Atelier OpaL Productions – Hamburg

Herstellung und Verlag: Books on Demand GmbH, Norderstedt

Im Buchhandel und Interntet-Shops zu bestellen (Ladenpreis: 12,- Euro).

ISBN 978-3-8334-9495-6

Inhalt – *Índice* – Contents

Einführung 7
Introducción 9
Introduction 11

Zeichungen
Dibujos
Drawings
13 – 157

Einführung

Plötzlich wurde es dunkel im riesigen Zuschauerraum. Weit unten auf der Bühne standen im grellen Rampenlicht die weltbekannten Wiener Sängerknaben.

Aber Jutta konnte nun ihren Zeichenblock nicht mehr sehen. Sie zeichnete weiter, jetzt ohne den Stift vom Papier abzuheben – sonst hätte sie ja im Dunkeln den Anschluss an das schon Gezeichnete nicht mehr gefunden. Die Ränder des Blocks fühlte sie mit der linken Hand. Und so wurde der Sängerknabe, den sie da unten noch sehen konnte, fertig gezeichnet. Es gelang! Und es war die erste ihrer „Einlinien-Zeichnungen", erstellt Mitte der vierziger Jahre auf einem Stehplatz des berühmten Teatro Colón der Stadt Buenos Aires.

Nach der Vorstellung eilte Jutta in die Garderobe und die Knaben durften sich einige ihrer Zeichnungen aussuchen und behalten. Auch dies gehört seit damals zu ihren liebgewordenen Gewohnheiten. Wo immer sie eine Veranstaltung besucht, trägt sie Stifte und ihren Zeichnblock mit sich. Was nach der üblichen Schenkaktion übrig bleibt, wird dann sorgfältig aufbewahrt.

Juttas lose Blätter, Blocks und Hefte aus den Jahren 1945 bis etwa 1980 befinden sich heute in ihrem Archiv auf der Estancia San Anselmo, mitten in der Grünen Pampa, etwa 600 Kilometer südlich von Buenos Aires. Ihre später erstellten Zeichnungen (es sind über 1500) werden in ihrer Wiener Atelier-Wohnung aufbewahrt. Daraus hat sie nun 300 ausgesucht und zur Auswahl für dieses Büchlein zur Verfügung gestellt.

Zu jeder ihrer Zeichnungen würde Jutta am liebsten endlose Geschichten erzählen. Darauf müssen wir verständlicherweise hier verzichten. Aber der Betrachter kann vieles davon mit seiner Fantasie ersetzen. Juttas Darstellungen verleiten nämlich dazu. Sie konzentrieren sich auf das Wesentliche. Nebensächliches wird oft weggelassen oder nur angedeutet. Eine Kunst, die Jutta hervorragend beherrscht.

Juttas Beziehung zur Musik wurde durch ihren 1959 geborenen Sohn Pedro Memelsdorff stark beeinflusst. Er war schon als Kind ein begabter Flötist und ist heute ein bekannter Musiker, Dirigent und Historiker, besonders auf dem Gebiet der Musik des Mittelalters. Viele der hier gezeigten Zeichnungen stammen aus Juttas Besuchen zu seinen Darbietungen, Konzerten und Unterrichtsveranstaltungen, wie sie mehrmals auch in der Stadt Urbino stattfanden.

Nun noch einige Bemerkungen zum Lebenslauf meiner Schwester Jutta, laut Reisepass „Erna Jutta Maria Waloschek", die auch unter dem Namen „iutta maría de las manos" oder schlicht „iutta" bekannt ist. Sie wurde 1931 in Dresden geboren, hat die österreichische Staatsbürgerschaft und ist in Argentinien aufgewachsen. Sie hat ihr Studium für Kunsterziehung und Malerei in Buenos Aires und in Wien absolviert. In beiden Städten betreibt sie heute ein Atelier.

Über 140 Einzel- und Gemeinschaftsausstellungen, mehrere Auszeichnungen und Stipendien zeugen von ihrer Produktivität und ihrem künstlerischen Engagement.

Neben der Herstellung von Aquarellen, Ölbildern, Zeichnungen und Buch-Illustrationen betätigt sich Jutta besonders auf dem Gebiet der Textilgestaltung, sowohl mit großen Stoffkollagen (Wandbehänge), als auch mit farbenfrohen Seidenmalereien. Daneben hat Jutta aber nie ihre pädagogischen Fähigkeiten vernachlässigt und sich besonders der künstlerischen Ausbildung von Kindern gewidmet.

Pedro Waloschek
Hamburg, im April 2007

Introducción

De pronto se apagaron las luces en la sala de espectáculos del teatro y Jutta sólo veía, allá abajo, muy lejos, a la luz de los reflectores, las siluetas alineadas de los famosos Niños Cantores de Viena.

Pero Jutta ya no podía ver su block de dibujo. Seguía dibujando sin alzar la lapicera. En la obscuridad habría perdido la conexión con lo ya dibujado. La mano izquierda controlaba el borde del papel. Y así logró terminar el dibujo del niño cantor que todavía veía en el escenario. Éste fue el primero de sus „dibujos monolíneas", realizado en los años cuarenta en el „gallinero" del famoso Teatro Colón de la ciudad de Buenos Aires.

Después de la representación, Jutta corrió al camarín y los niños pudieron elegir algunos de sus dibujos – y guardárselos. Esto también se transformó en una agradable tradición. Jutta siempre lleva consigo sus lápices, lapiceras y su block – y lo que queda de sus dibujos, después de ofrecerlos a los artistas, lo conserva meticulosamente en su archivo.

Las hojas sueltas, los blocks y los cuadernos de Jutta creados entre los años 1945 hasta 1980 se encuentran ahora en la estancia San Anselmo, cerca de Coronel Suárez en medio de la pampa verde, a 600 kilómetros al sur de Buenos Aires.

En cambio los dibujos realizados más adelante (son más de 1500) están depositados en su estudio-vivienda en Viena. De ahí seleccionó unos 300 y los puso a disposición para componer el presente libro.

Jutta se pasaría horas contando historias relacionadas con cada uno de sus dibujos. Sería muy largo reproducir aquí estas reminiscencias. El espectador lo tiene que sustituir con su fantasía, cosa que no resulta difícil, dado que las representaciones de Jutta justamente invitan a pensar. Se concentran en lo esencial, eliminando o sólo bosquejando los detalles secundarios. Es un arte que Jutta domina a la perfección.

Sus relaciones con la música fueron influenciadas enormemente por su hijo Pedro Memeldorff (nacido en 1959), quien desde muy jóven fue un talentoso flautista y hoy es un conocido músico, director e historiador musical, sobre todo en el campo de la música medieval. Muchos de los dibujos presentados aquí fueron realizados durante sus presentaciones, conciertos y cursos, por ejemplo en la ciudad de Urbino.

Agrego aquí algunas observaciones sobre la vida de Jutta que, según su pasaporte, se llama „Erna Jutta Maria Waloschek" pero también es conocida como „iutta maría de las manos" o simplemente como „iutta".

Nació en Dresde en 1931, es ciudadana austríaca y pasó su juventud en Argentina. Completó su educación como profesora de arte y pintura en Buenos Aires y en Viena. En ambas ciudades mantiene un atelier.

Más de 140 exposiciones (entre individuales y colectivas), varios premios y diversas becas demuestran su productividad y su intenso entusiasmo por el arte. Además de realizar innumerables acuarelas, óleos, dibujos e ilustraciones de libros, Jutta es particularmente activa en el campo del arte textil, sea en la manufactura de grandes tapices murales (en técnica de aplicación), como en pintura sobre seda. Siempre continuó con sus actividades didácticas, especialmente en el campo de la educación artística infantil.

Pedro Waloschek
Hamburgo, abril de 2007

Introduction

Suddenly darkness descended upon the vast concert hall. Far below her on the stage, the Vienna Boys' Choir waited in the bright footlights. Jutta could no longer see her sketch pad, but she continued her drawing without lifting her pen from the paper to make sure she didn't lose the connection with what she had already drawn. She used her left hand to feel for the paper's edges. In this way she completed her drawing of the choirboy whom she could still see on stage. Much to her surprise the result was more than acceptable, and so turned out to be the first of her 'single line drawings'. This was back in the 1940's, in the gods of Buenos Aires' famous Teatro Colón.

After the choir's performance Jutta went to the dressing rooms and let the boys choose and keep some of her drawings. This became one of her endearing habits; since then she has always taken her pens and pads to any performance she has attended, and whatever is left over after the actors or musicians have helped themselves is kept in a safe place.

Jutta's sheets, pads and notebooks spanning the years from 1945 to 1980 (or thereabouts) are kept 600 kilometres south of Buenos Aires, in an archive at the San Anselmo estancia in the heart of the green Argentine pampas. Later drawings (of which there are around 1,500) are stored in Jutta's apartment and work space in Vienna. From those she has proposed 300 or so to be selected for this booklet.

Although Jutta has a lengthy story to tell about each and every one of her drawings, for space reasons we have had to omit them in this booklet. However, the attentive contemplator will easily follow the implicit invitation of Jutta's drawings and replace them with some of his or her own imagination.

These drawings concentrate on the essentials, and omit or merely hint at minor details. This is an art at which Jutta is a master.

Jutta's fascination with music has been strongly influenced by her son Pedro Memelsdorff (born 1959). Even as a child he was an excellent flautist and nowadays he is a well known musician, director and historian, particularly in the field of medieval music. Many of the drawing in this publication were created when Jutta attended some of his performances, concerts, lectures and teaching events, particularly in the lovely Italian city of Urbino.

In conclusion some remarks on my sister Jutta's curriculum vitae: According to her documents her name is 'Erna Jutta Maria Waloschek', but she is also known as 'iutta maría de las manos' or simply 'iutta'. She was born in Dresden in 1931, holds Austrian nationality and grew up in Argentina. She studied art and education in Buenos Aires and Vienna, the two cities where she and her work is still based today.

A prolific and enthusiastic artist, she has shown her work in more than 140 individual and collective exhibitions and has been awarded several prizes and scholarships.

In addition to her watercolours, oil paintings, drawings and book illustrations, Jutta has a particular interest in textile design (appliqué), and has created numerous large-scale wall hangings and vibrant silk paintings. Jutta has also maintained her keen interest in art education, in particular for children.

Pedro Waloschek
Hamburg, April 2007

Jutta Waloschek
iutta maría de las manos

**Reproduktionen von 172 ihrer Zeichnungen
aus den Jahren 1981 bis 2006.**

*Reproducciones de 172 de sus dibujos
de los años 1981 a 2006.*

Reproductions of 172 of her drawings
of the years 1981 to 2006.

**Bem.: Die Bilder wurden von Pedro Waloschek ausgewählt
und nach Datum geordnet. Das Datum dient gleichzeitig zur
Archiv-Identifikation (Jahr-Monat-Tag).**

*Nota: Los dibujos fueron seleccionados por Pedro Waloschek y
ordenados cronológicamente. La fecha también representa el
identificador en el archivo (año-més-día).*

Rem.: The drawings were selected by Pedro Waloschek and
arranged in chronological order. The date allows to identify the
drawing in the archives (Year-Month-Day).

MUSIK-AKADEMIE DER STADT BASEL

Direktor: Prof. Dr. Friedhelm Döhl

Schola Cantorum Basiliensis
Lehr- und Forschungsinstitut für alte Musik

Dienstag, 23. Juni 1981, 20.15 Uhr
im Großen Saal der Musik-Akademie

DIPLOM-KONZERT

Pedro Memelsdorff

(Blockflöte)

Klasse: Jeanette van Wingerden / Marijke Miessen

1981-06-23 Basel

Unter freundlicher Mitwirkung von:

Brian Franklin, Viola da gamba, Violone
Aline Parker, Cembalo
Trix Landolf, Violine
Karin von Gierke, Violine
Janice DiBiase, Viola
Nina Stern, Blockflöte

1981-06-23 Basel

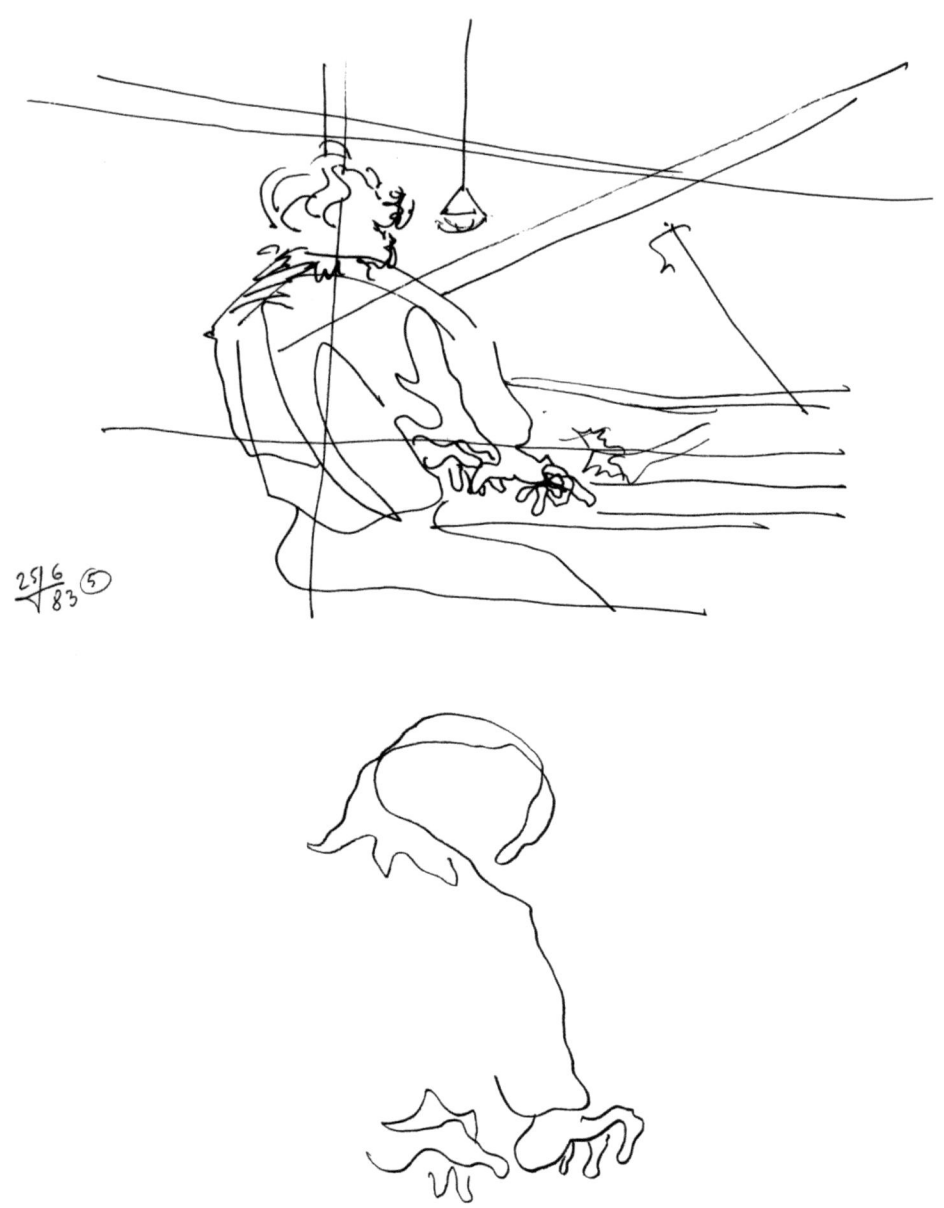

25/6
83 ⑤

1983-06-25 Urbino

16

25 6
③ 83

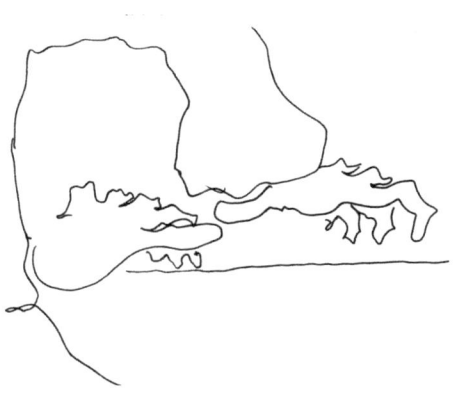

1983-06-25 Urbino

1983-07-29 Urbino „Nuestra callecita"

1983-07-29 Urbino „Vista desde la calle alta"

28 | VII
83

1983-07-28 Urbino

1983-10-20

1984-03-20 Wien Stephansplatz „Los Quilapayún de Chile en Viena"

22

1984-03-20 Wien Stephansplatz „Los Quilapayún de Chile en Viena"

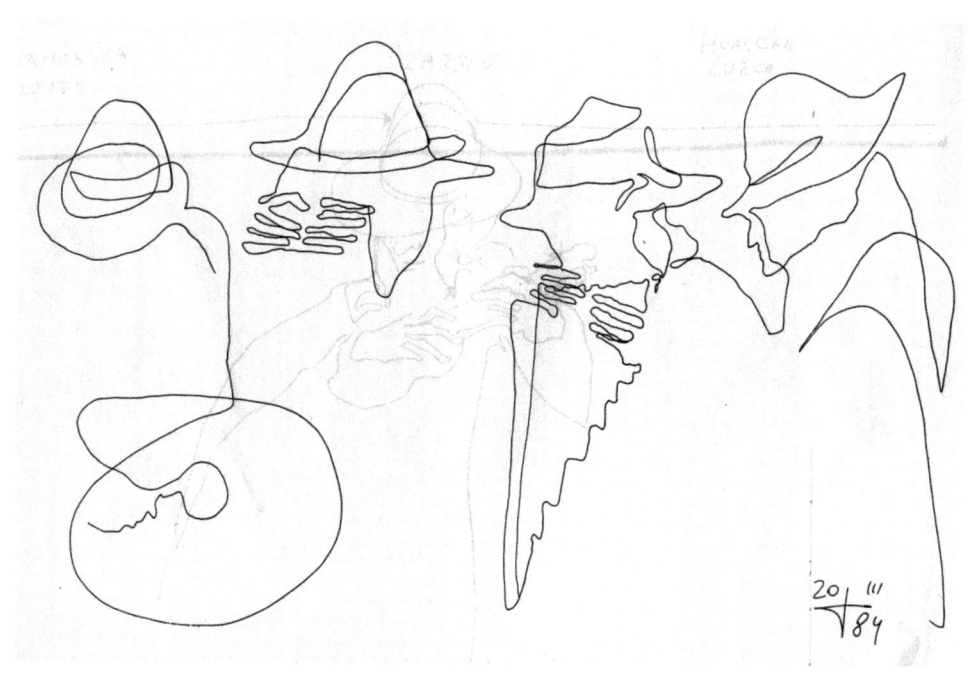

1984-03-20 Wien Stephansplatz „Los Quilapayún de Chile en Viena"

24

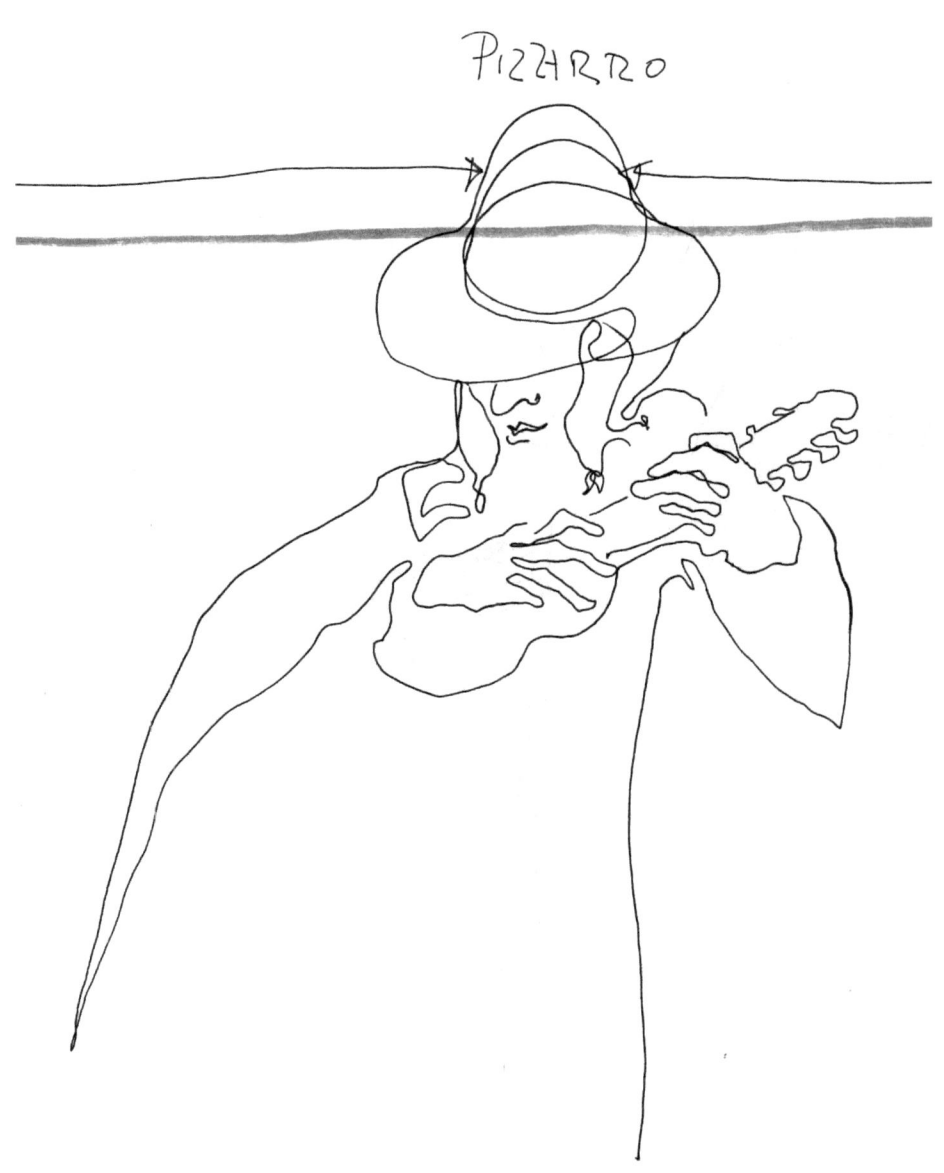

PIZARRO

1984-03-20 Wien Stephfansplatz „Los Quilapayún de Chile en Viena"

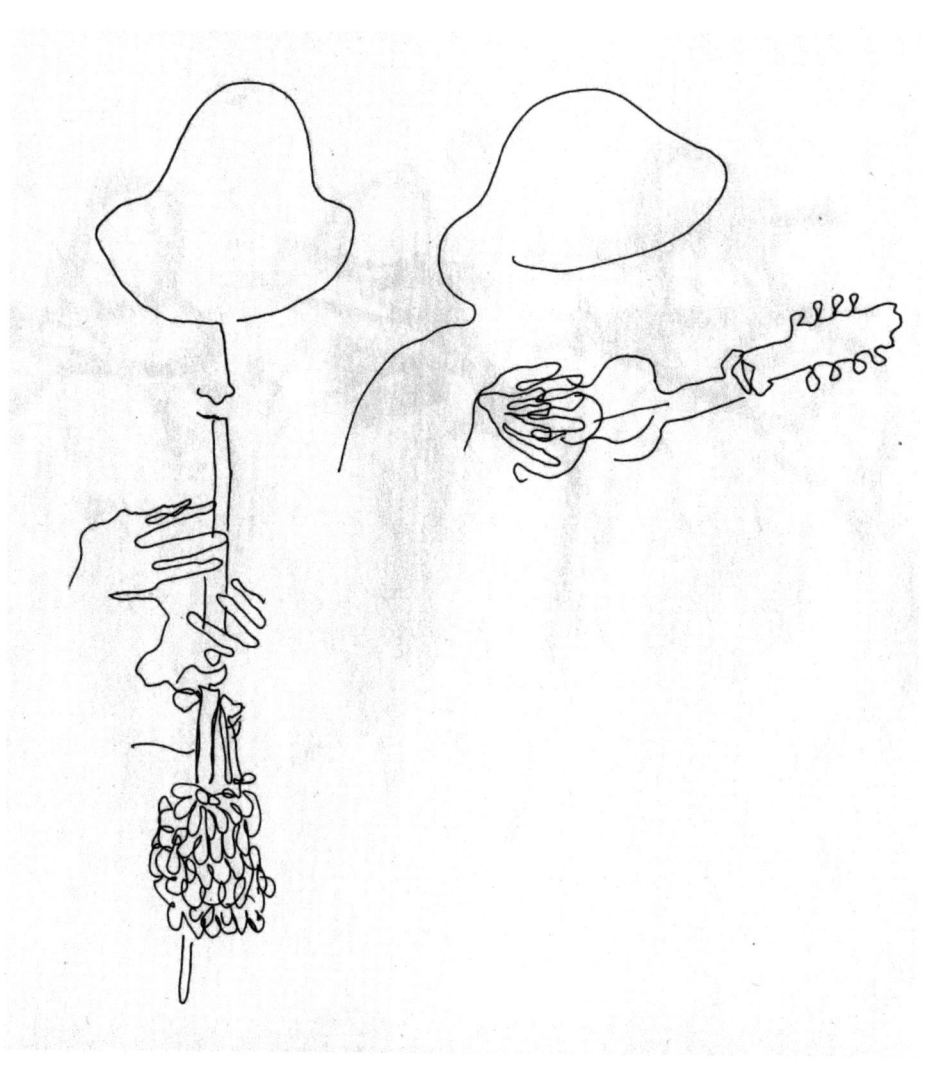

1984-03-20 Wien Stephansplatz „Los Quilapayún de Chile en Viena"

26

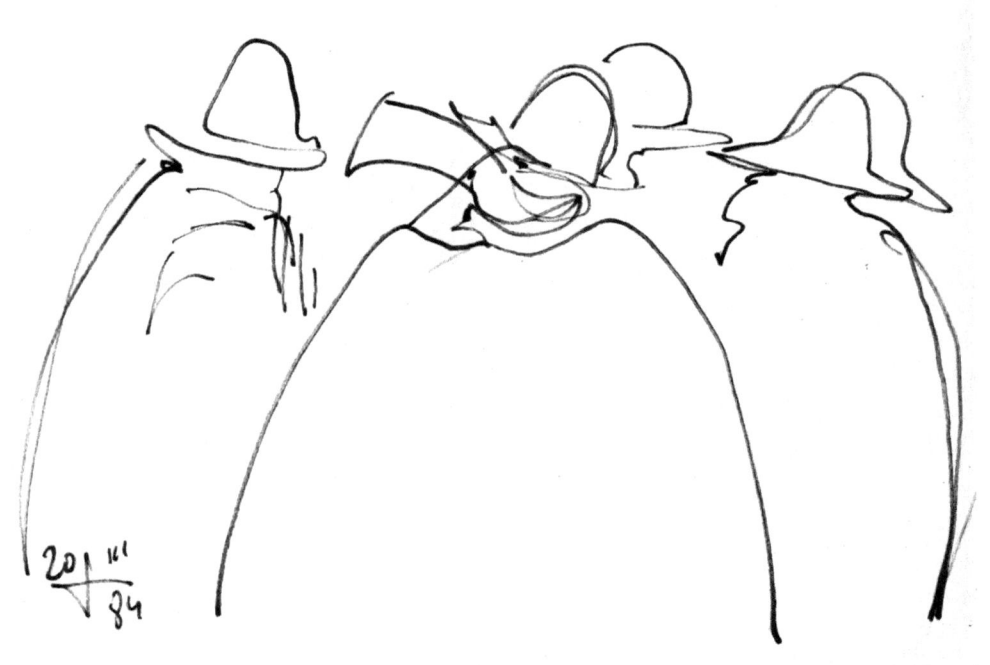

1984-03-20 Wien Stephansplatz „Los Quilapayún de Chile en Viena"

1984-03-20 Wien Stephansplatz „Los Quilapayún de Chile en Viena"

28

CANTO
GENERAL

1984-03-25 Wien Stephansplatz „Los Quilapayún de Chile en Viena"

1987-07-28 Urbino „Ensayos"

1987-07-29 Urbino

30 7 84

1987-07-30 Urbino „Las ocas de piedra"

32

1987-08-11 Wien „St. Stefan - nach dem Konzert"

1987-11-15 „Esa mano izquierda"

34

1987-11-19 „Irma en concierto"

1988-03-12 „Schubert - caos maravilla"

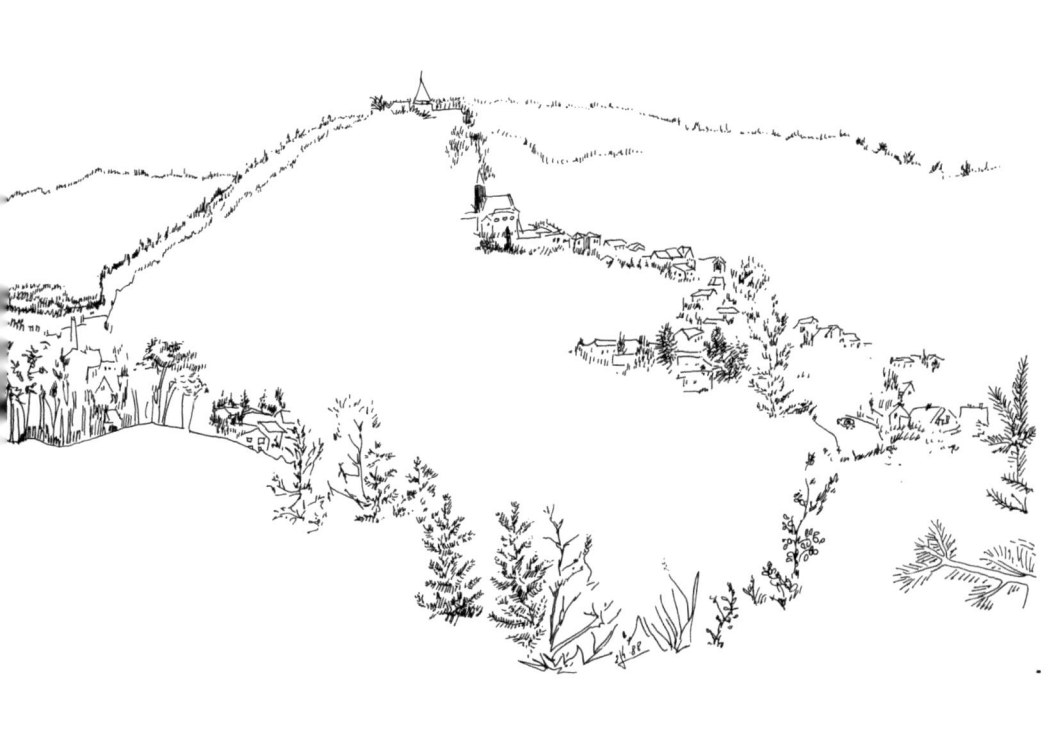

1988-04-02 Urbino „Entornos"

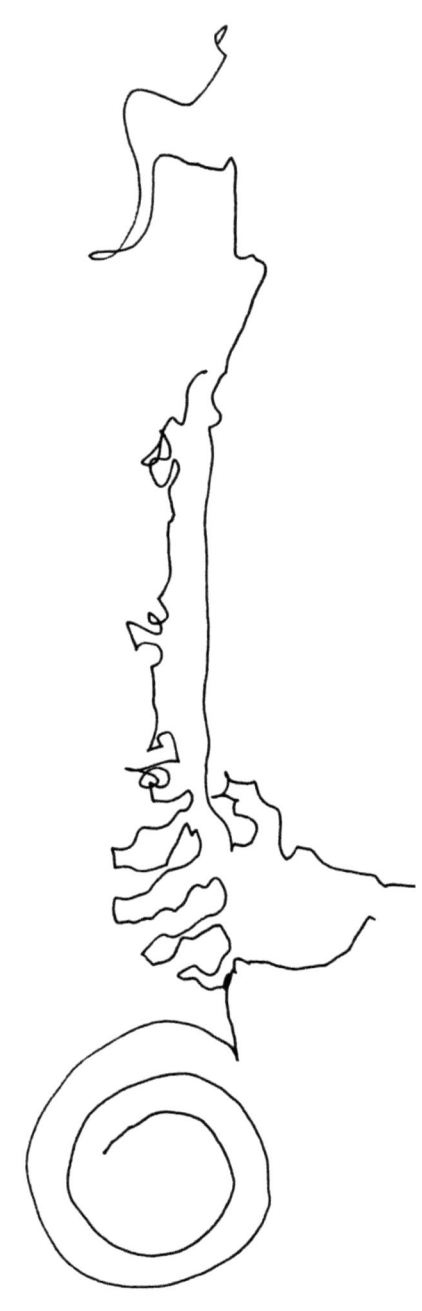

1988-06-11 „Estudiando"

38

1988-07-23 Urbino „Estudiando"

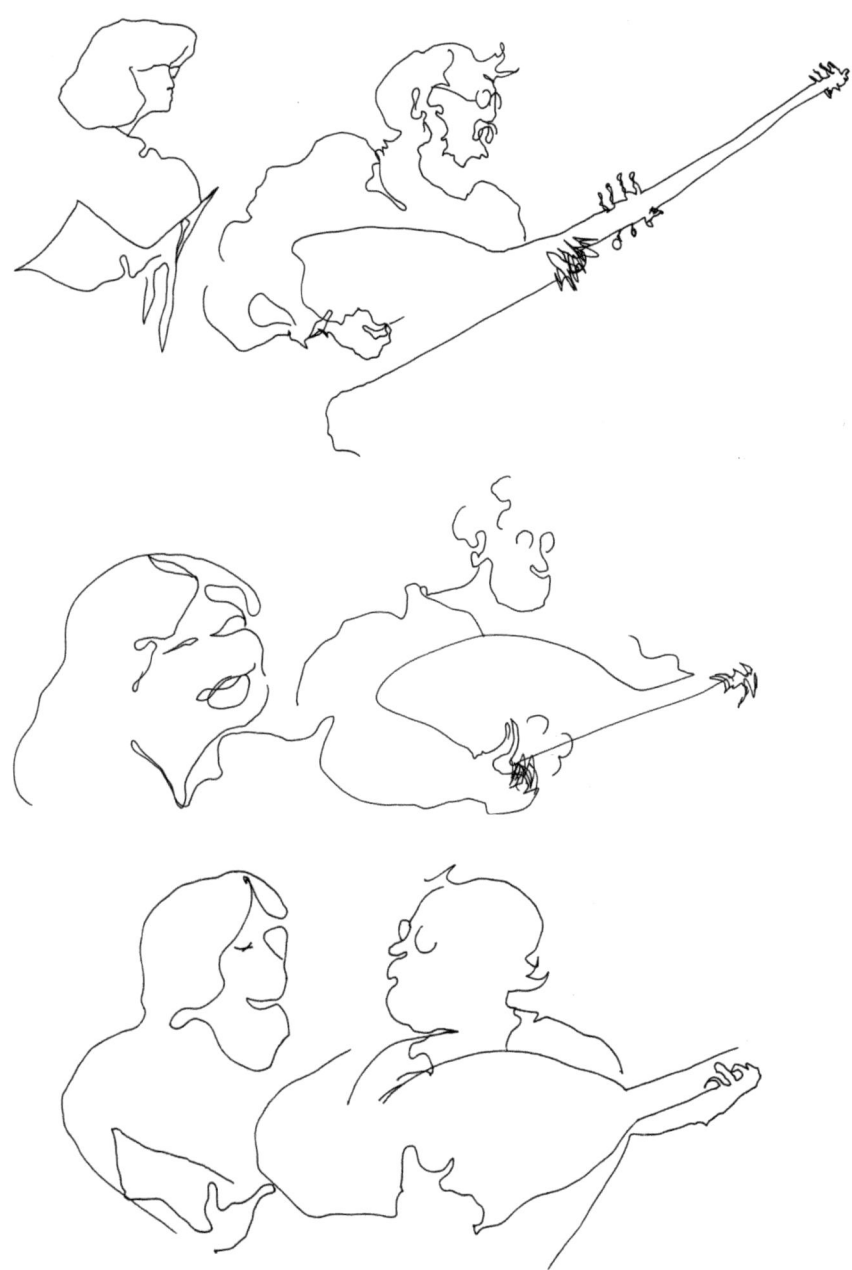

1988-07-26 Urbino „Cristina canta"

SOCIETA' ITALIANA DEL FLAUTO DOLCE

XX CORSO INTERNAZIONALE DI MUSICA ANTICA

Giovedì 28 luglio 1988 ore 18,30 - SALA RAFFAELLO (Palazzo Serpieri)

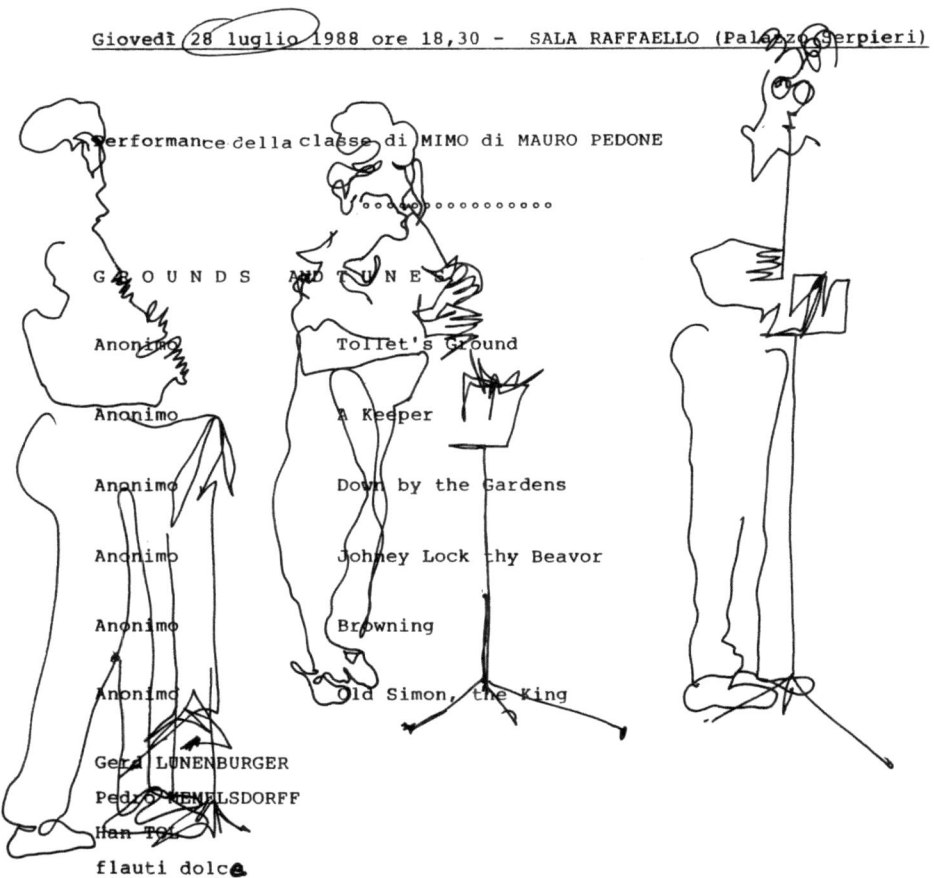

Performance della classe di MIMO di MAURO PEDONE

G R O U N D S   A N D   T U N E S

Anonimo	Tollet's Ground
Anonimo	A Keeper
Anonimo	Down by the Gardens
Anonimo	Johney Lock thy Beavor
Anonimo	Browning
Anonimo	Old Simon, the King

Gerd LÜNENBURGER
Pedro MENELSDORFF
Han Tol
flauti dolce

1988-07-28 Urbino

41

1988-07-28 Urbino

42

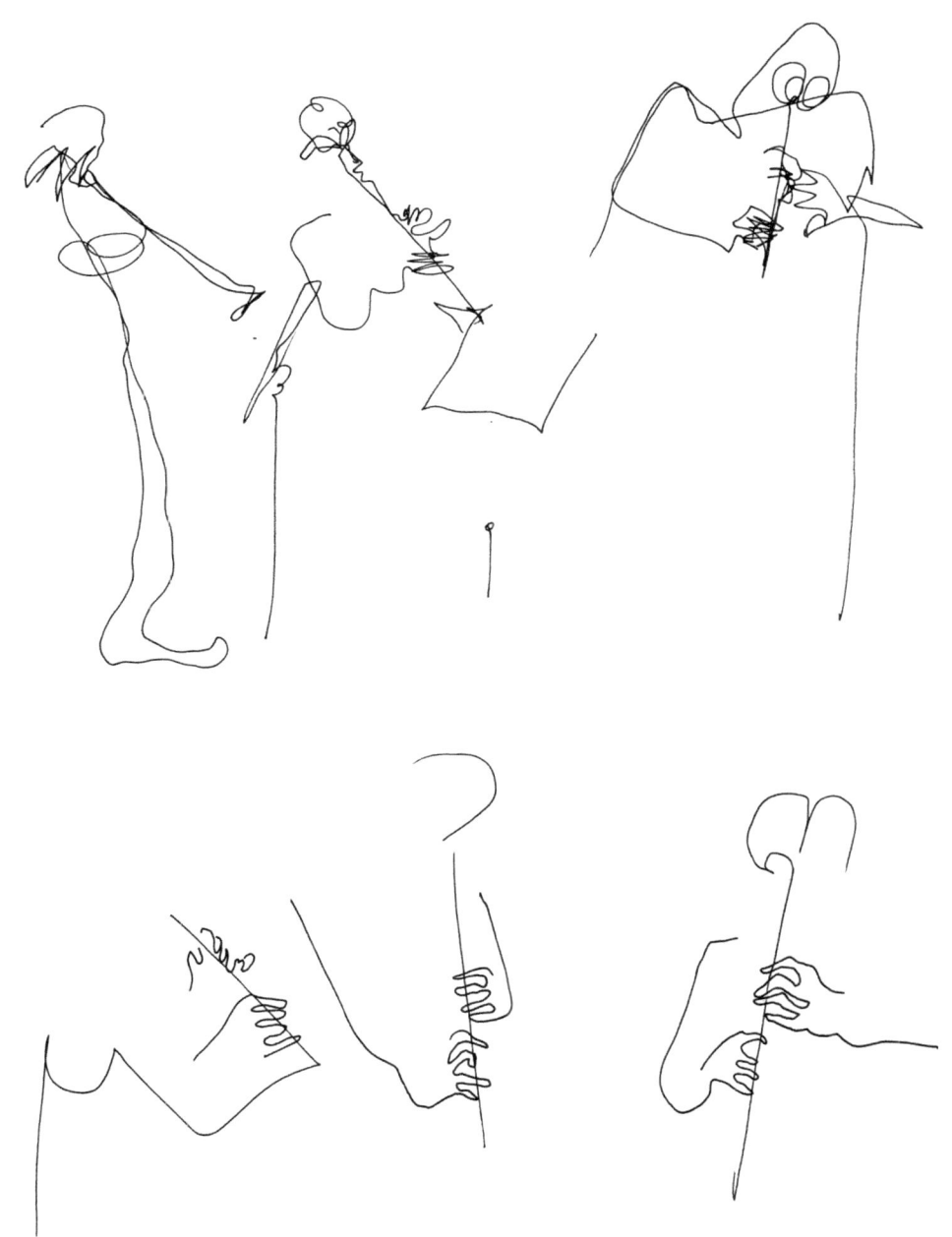

1988-07-28 Urbino

1988-07-28 Urbino

44

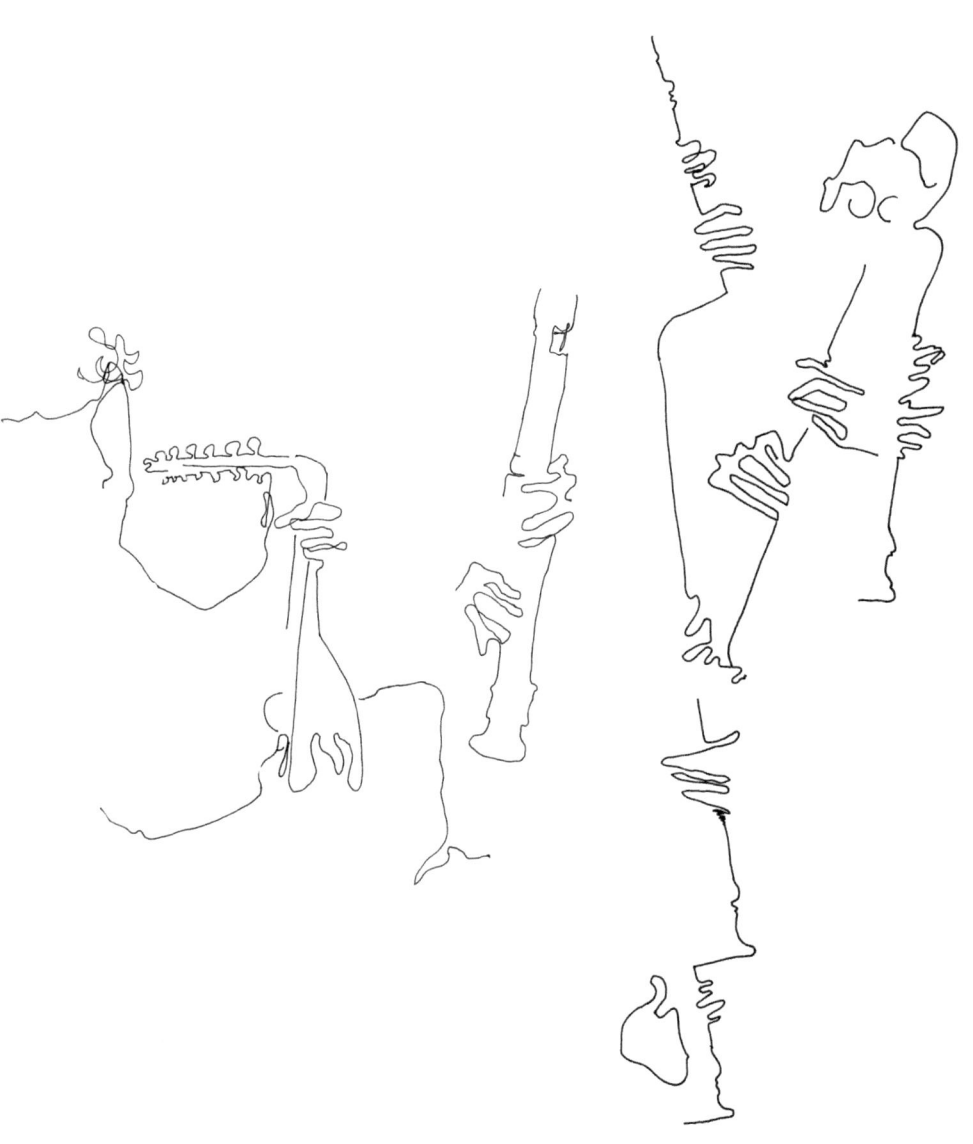

1988-07-29 Urbino

45

1988-07-30 Urbino

1988-07-31 Urbino „Desde las lomas"

1988-08-23 „Cuarteto vocal"

1988-07-28 „Yessie..."

49

1989-06-01 Belluno „Candy y ensayo en casa"

50

1989-06-10 Eichgraben „Lesung mit Musik"

1989-07-20 Urbino „Duo"

1989-07-21 Urbino „Pianista romántico"

1989-07-24 Urbino „Dos flautas solas"

54

1989-07-24 Urbino „Violón"

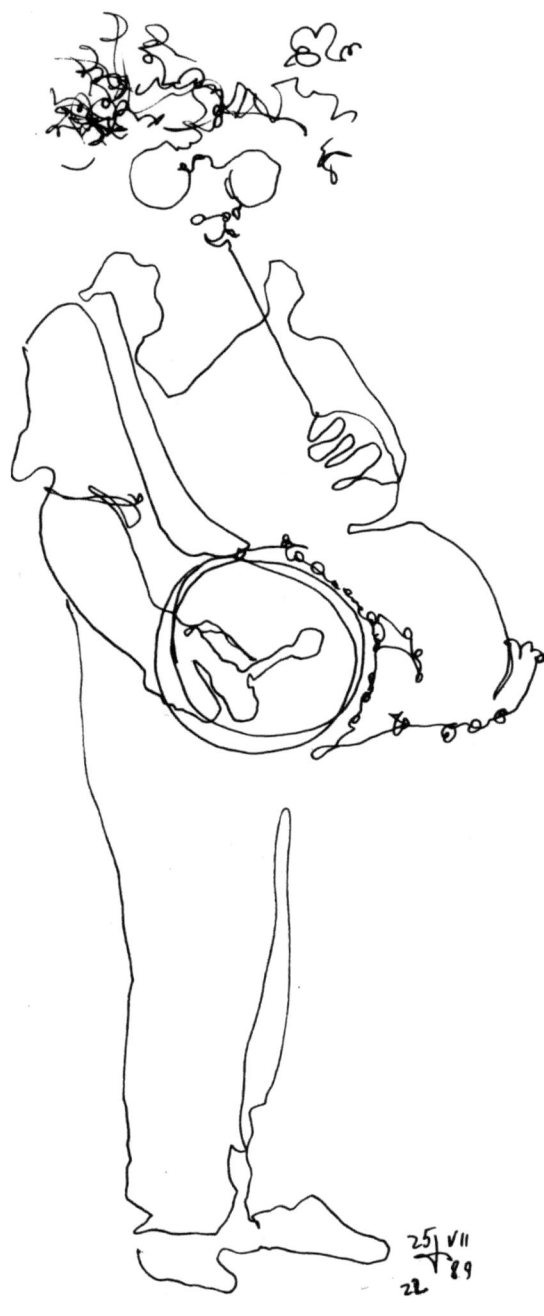

1989-07-25 Urbino „Solista"

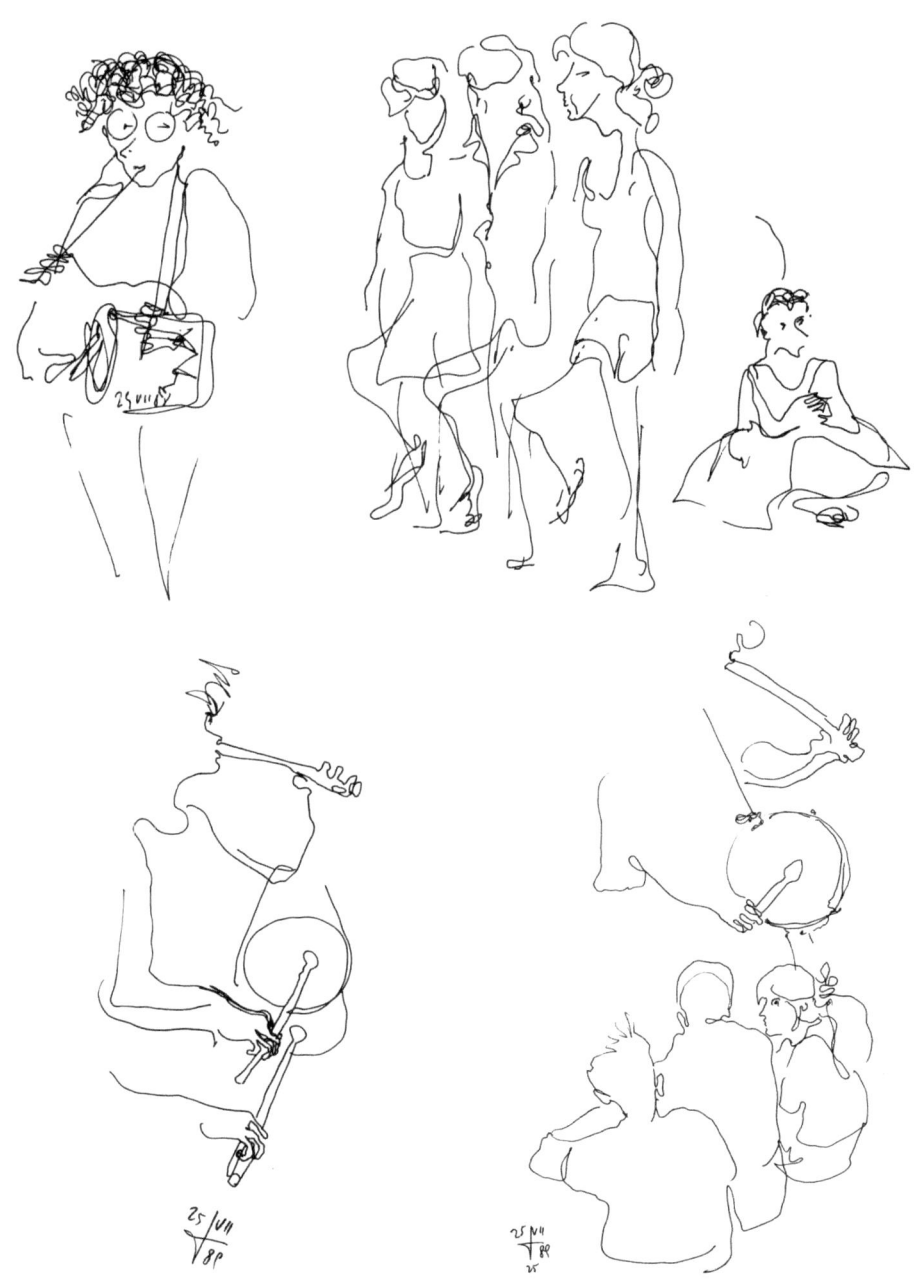

1989-07-25 Urbino „Solista con su público"

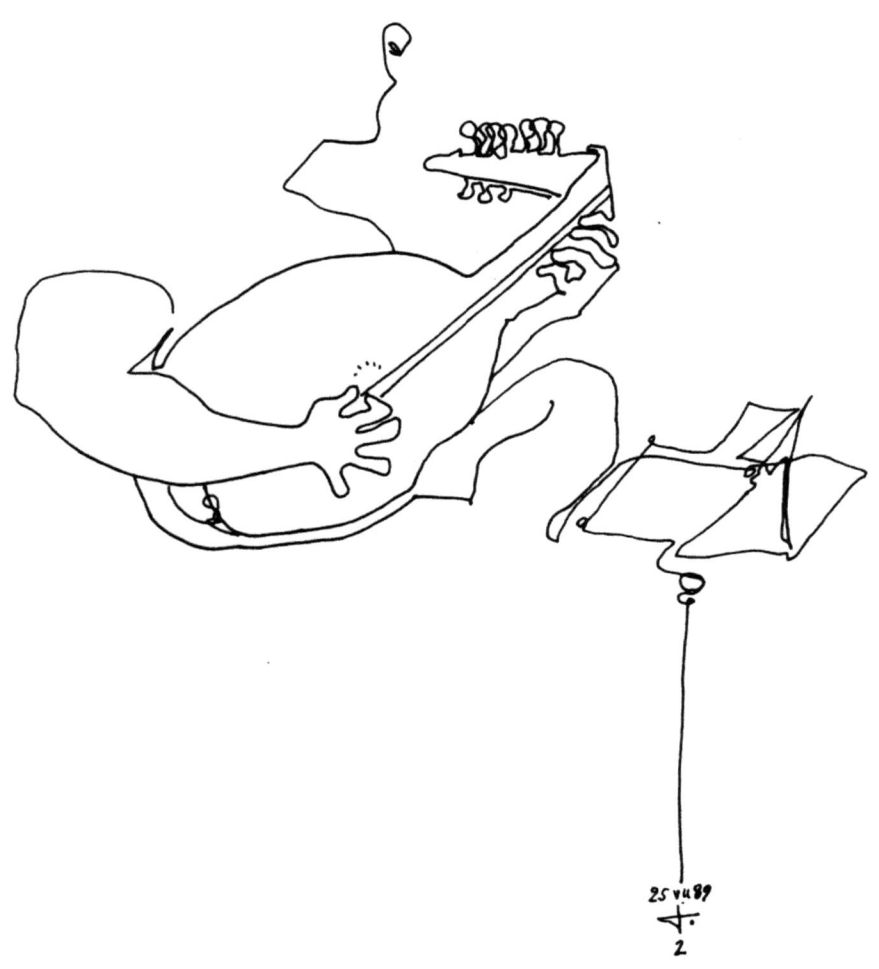

1989-07-25 Urbino „studio 1"

1989-07-28 Urbino

1989-07-28 Urbino „Duo“

60

1989-07-28 Urbino „De a dos"

1989-07-29 Urbino „Buen viaje"

1989-07-29 Urbino „Solo en un aula, estudiando"

1989-07-29 Urbino

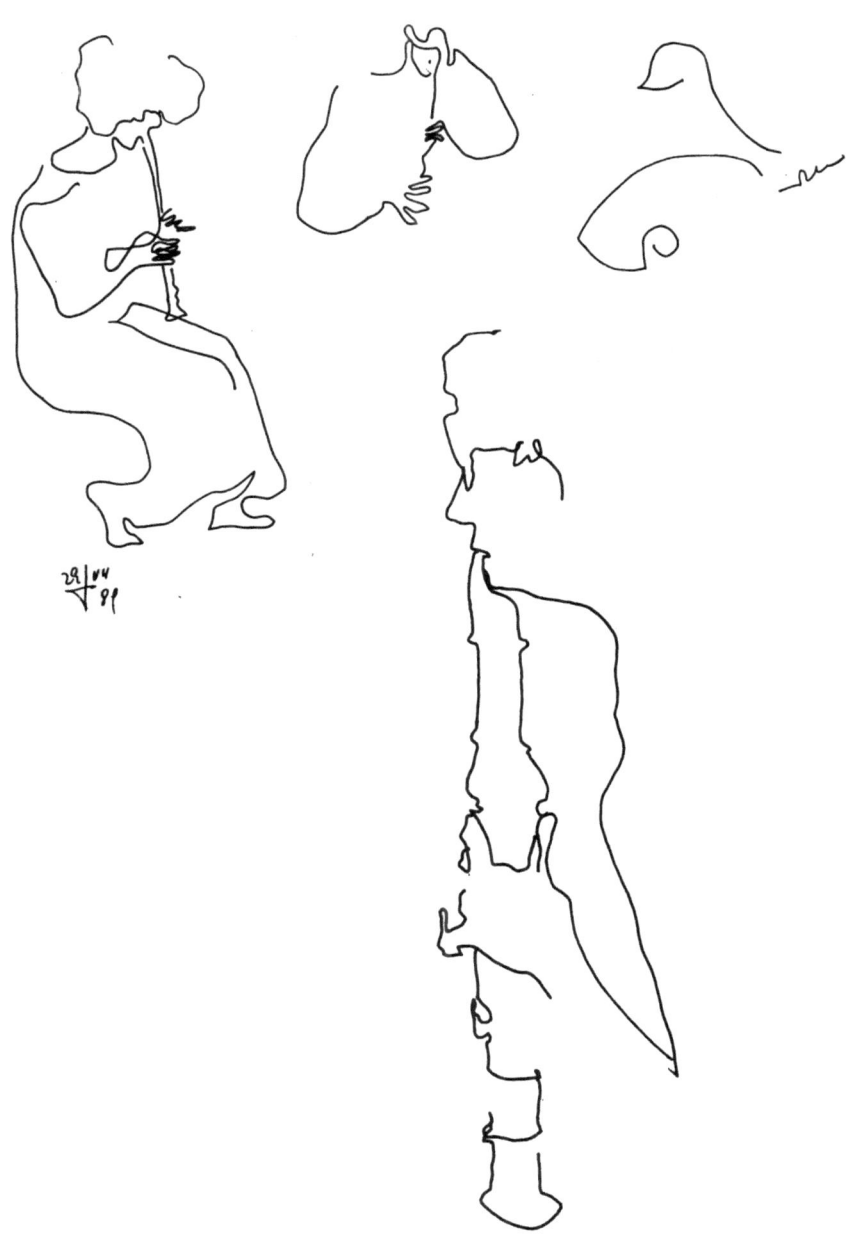

1989-07-29 Urbino „Estudiando..."

1990-07-21 Urbino

66

19^90-07-27 Urbino

1990-07-28 Urbino „Panorama 90"

68

1990-07-29 Urbino „Flautista"

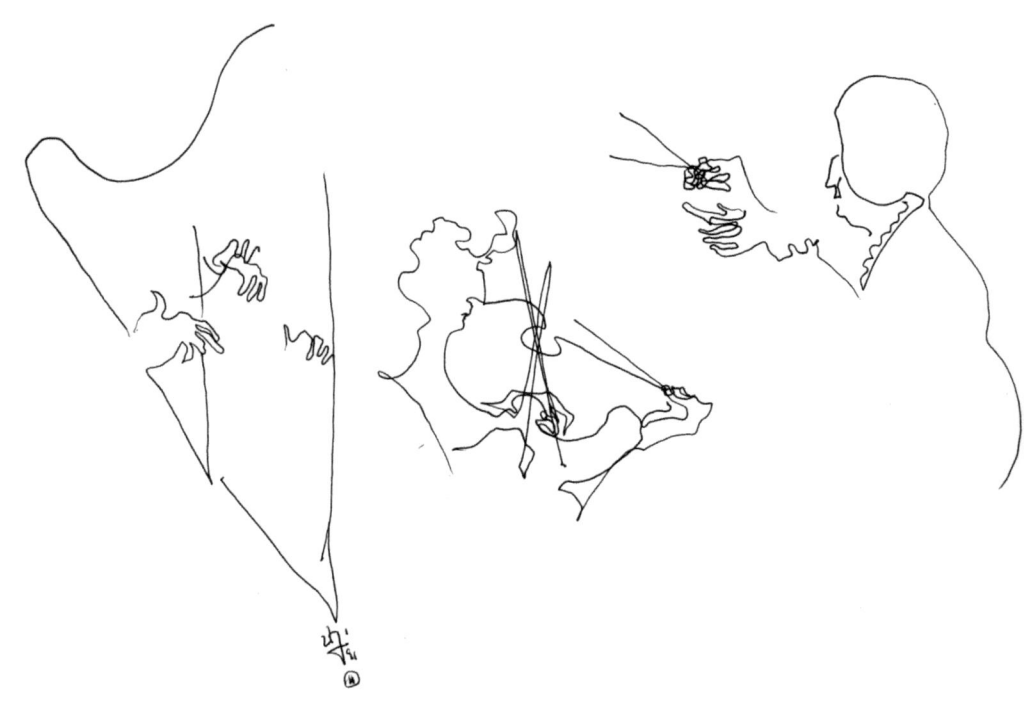

1991-01-27

1991-04-01 „El cantante"

1991-04-17 „Tríoalegre"

72

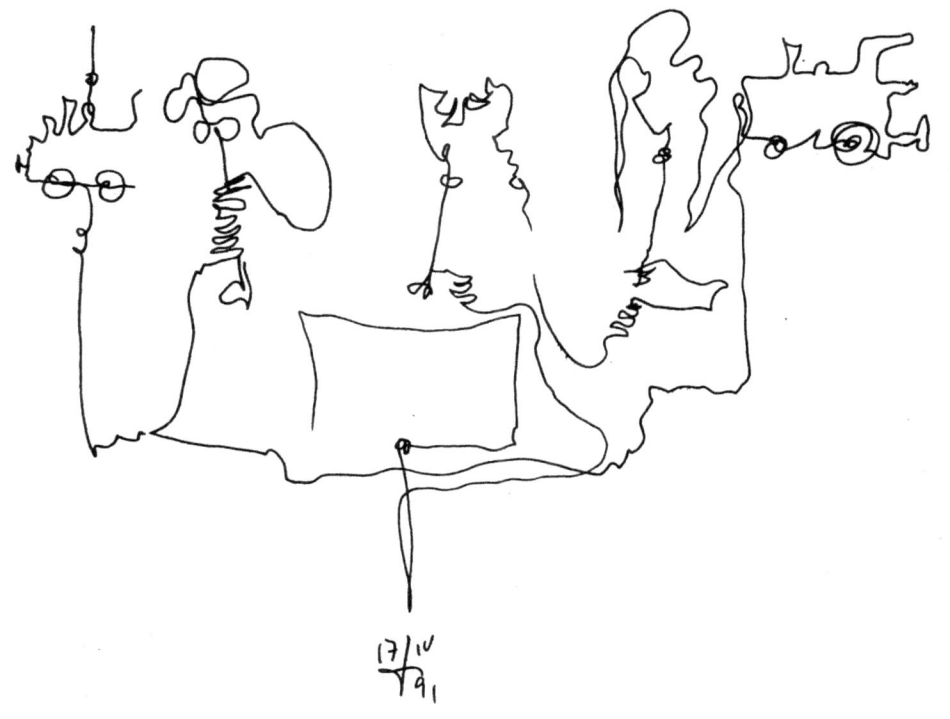

1991-04-17 „Trío alegre"

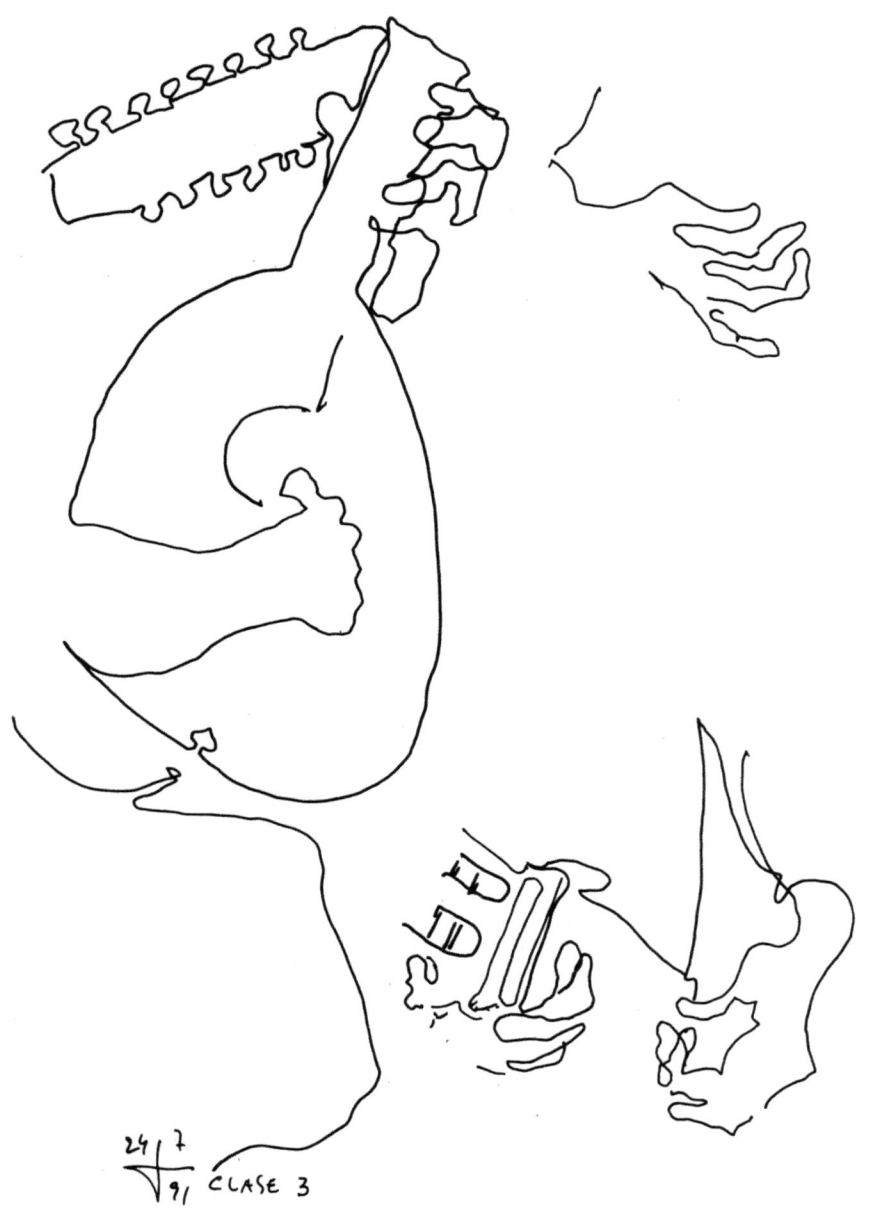

24/7/91

CLASE 3

1991-07-24 Urbino

74

1991-07-25 Urbino „Estudiando partituras nuevas"

29.7.91

1991-07-28 Urbino „Ensayo del trío"

1991-07-29 Urbino „Las campanas"

1991-11-15 „Ju. Dith"

1991-11-29 „Arpista"

1992-04-05

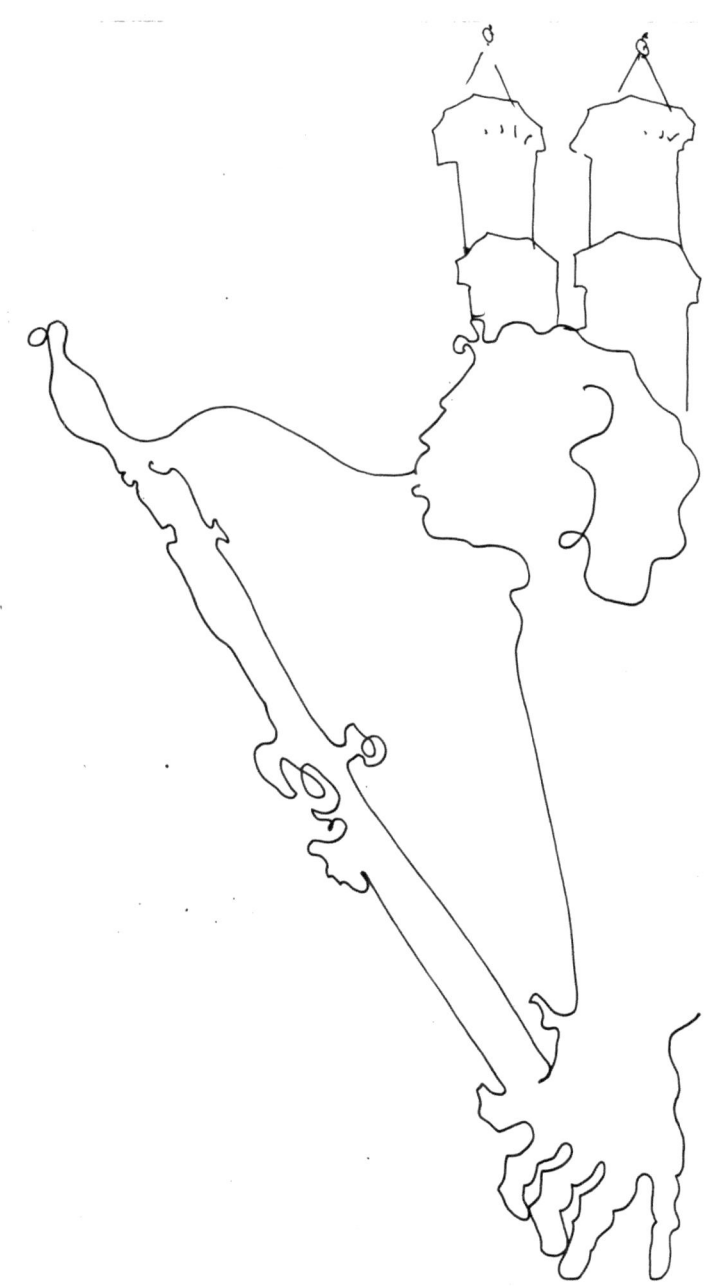

1992 Urbino „Solista callejero"

81

URBINO

1992-07-20 Urbino

82

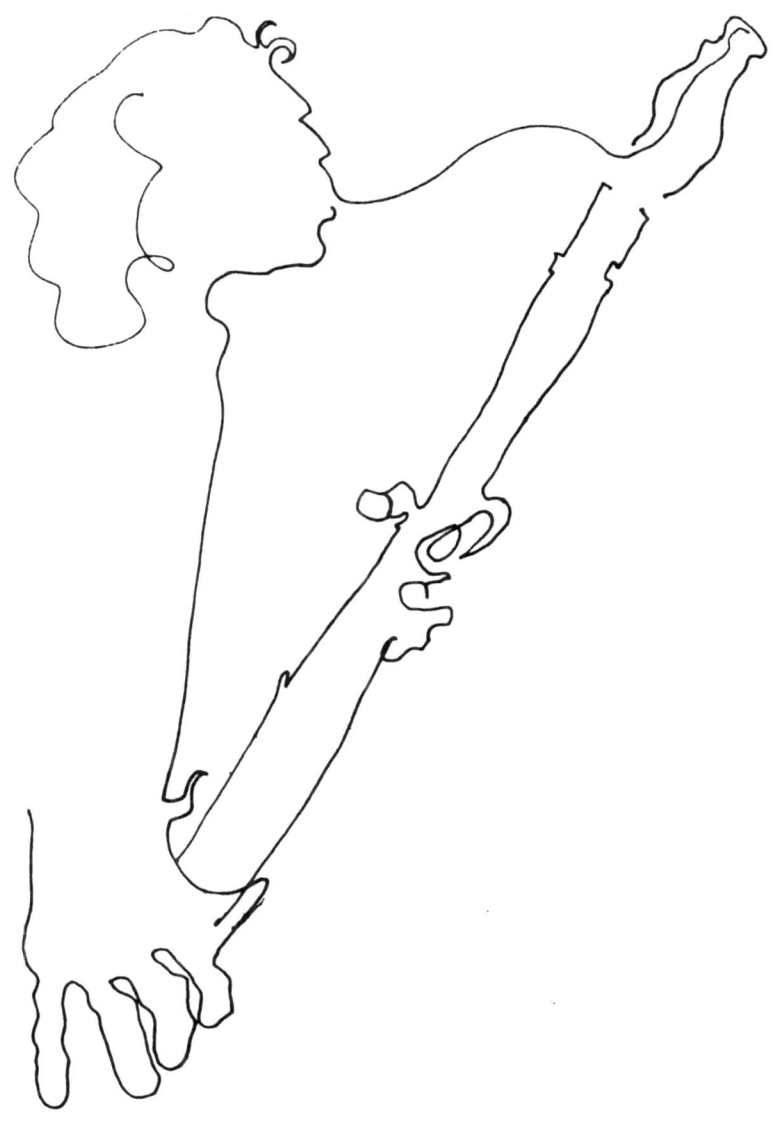

1992-07-23 Urbino „Alegro vivace"

83

1993 Urbino „Ars musica"

84

EL
„ALUNO"

EL
„PROFE"

23|7
③√92

1992-07-23 Urbino „Profe y alumno"

85

1992-07-24 Urbino „Konzert"

86

1992-07-27 Urbino „Cuatro flautas"

1992-07-27 Urbino „Ensayo con todos“

1992-07-27 Urbino „Concierto con todos"

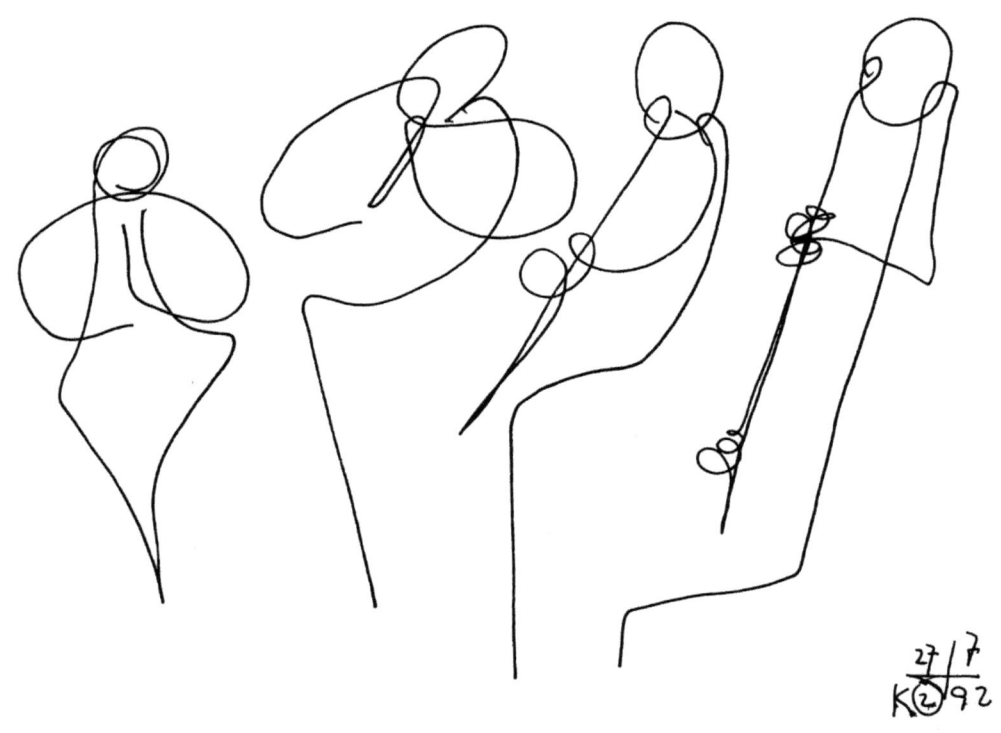

1992-07-27 Urbino „Líneas melódicas?"

1992-07-28 Urbino „Pedro dirige la banda"

1992-07-29 Urbino „Estudio con las flautas"

92

1992-07-29 Urbino „Conjunto instrumental"

93

1992-07-29 Urbino „Clase de concierto"

1992-07-29 Urbino „Todos tocan... ella canta...“

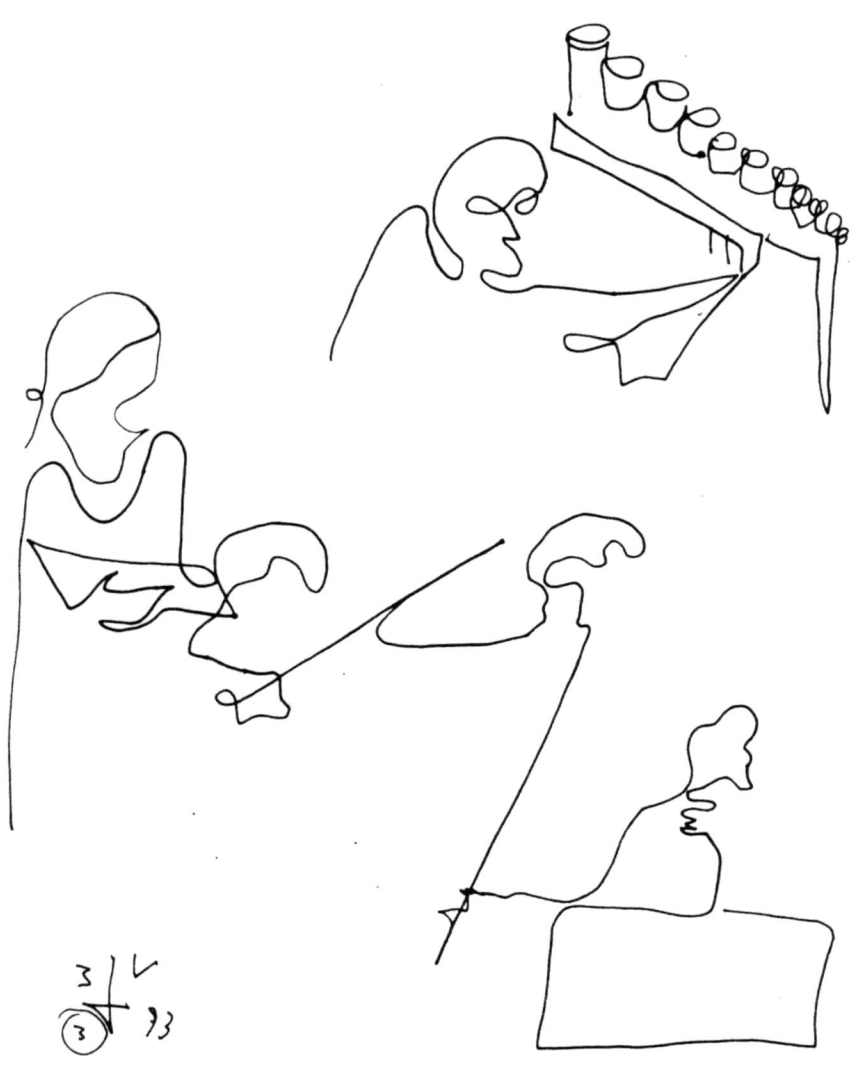

1993-05-03 Graz, „Konzert Mala Punica"

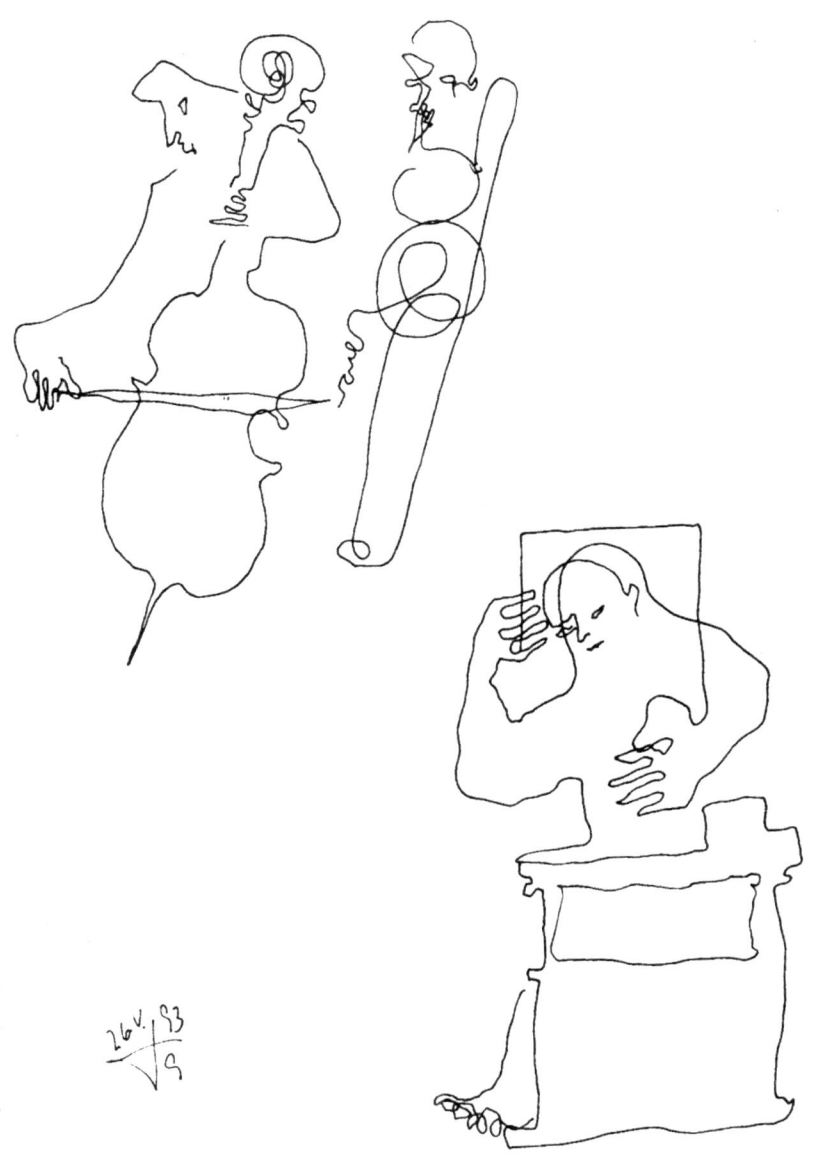

1993-05-26 Eichgraben, „Mario Gasser, Paul Celan"

97

1993-05-29 Eichgraben, „Tanz mit den Glocken"

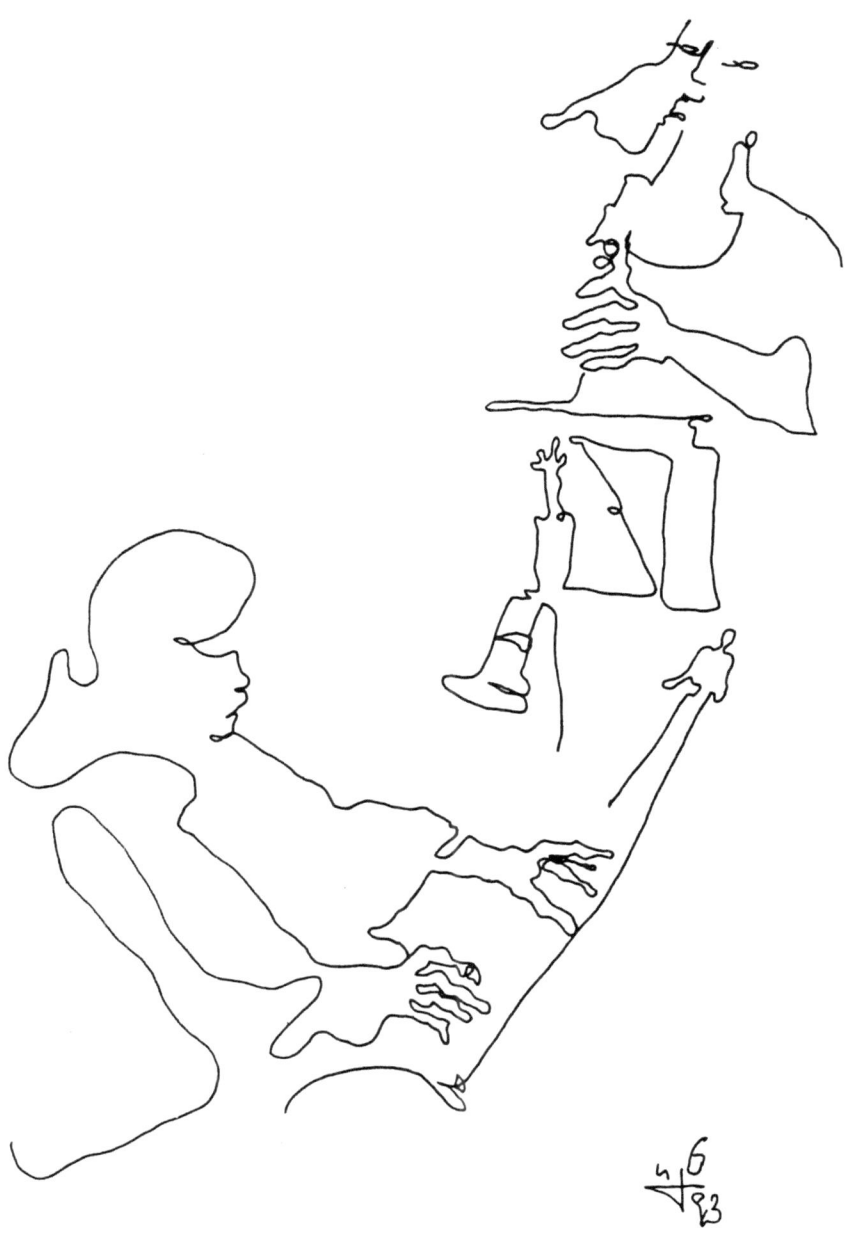

1993-06-04 Intact-Loft, „Kioko spielt"

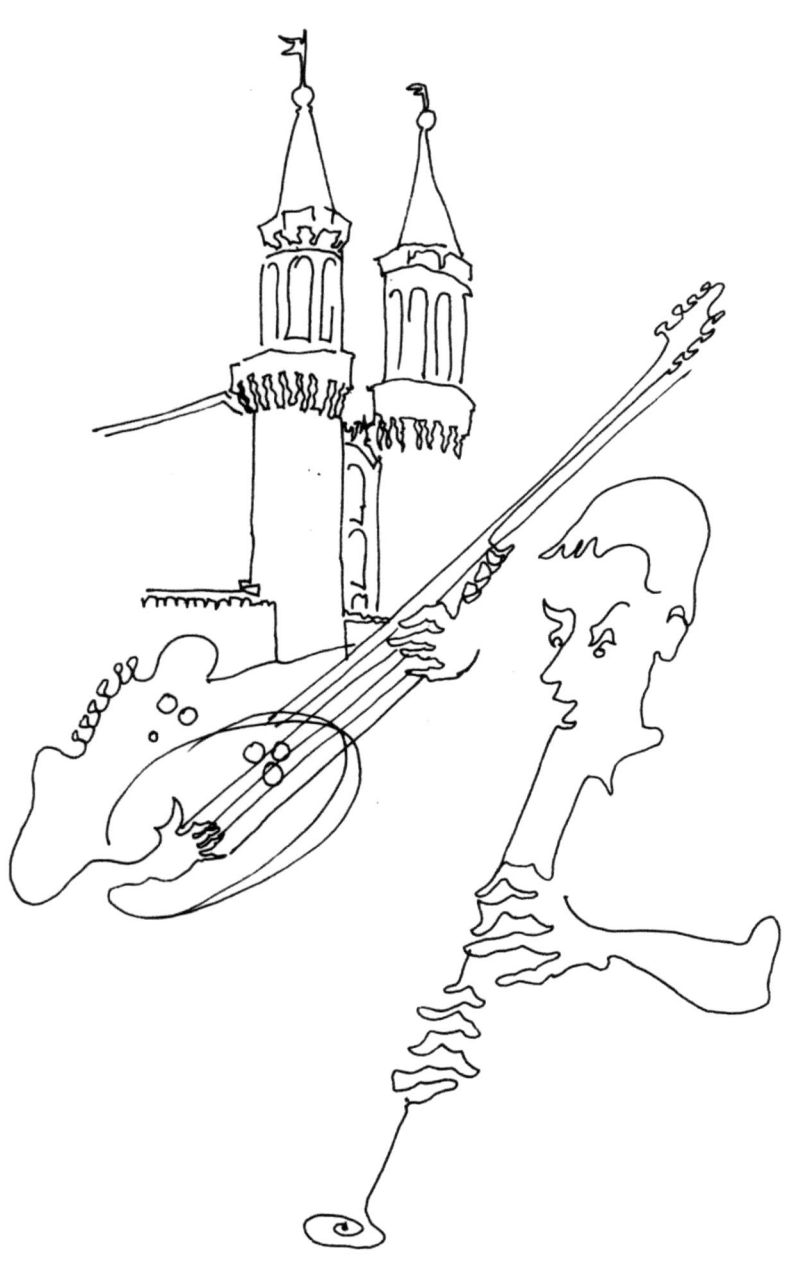

1993-07 Urbino

100

1993-07 Urbino „Los de la traversa - estudiando..."

1993-07 Urbino „Voltacce 88"

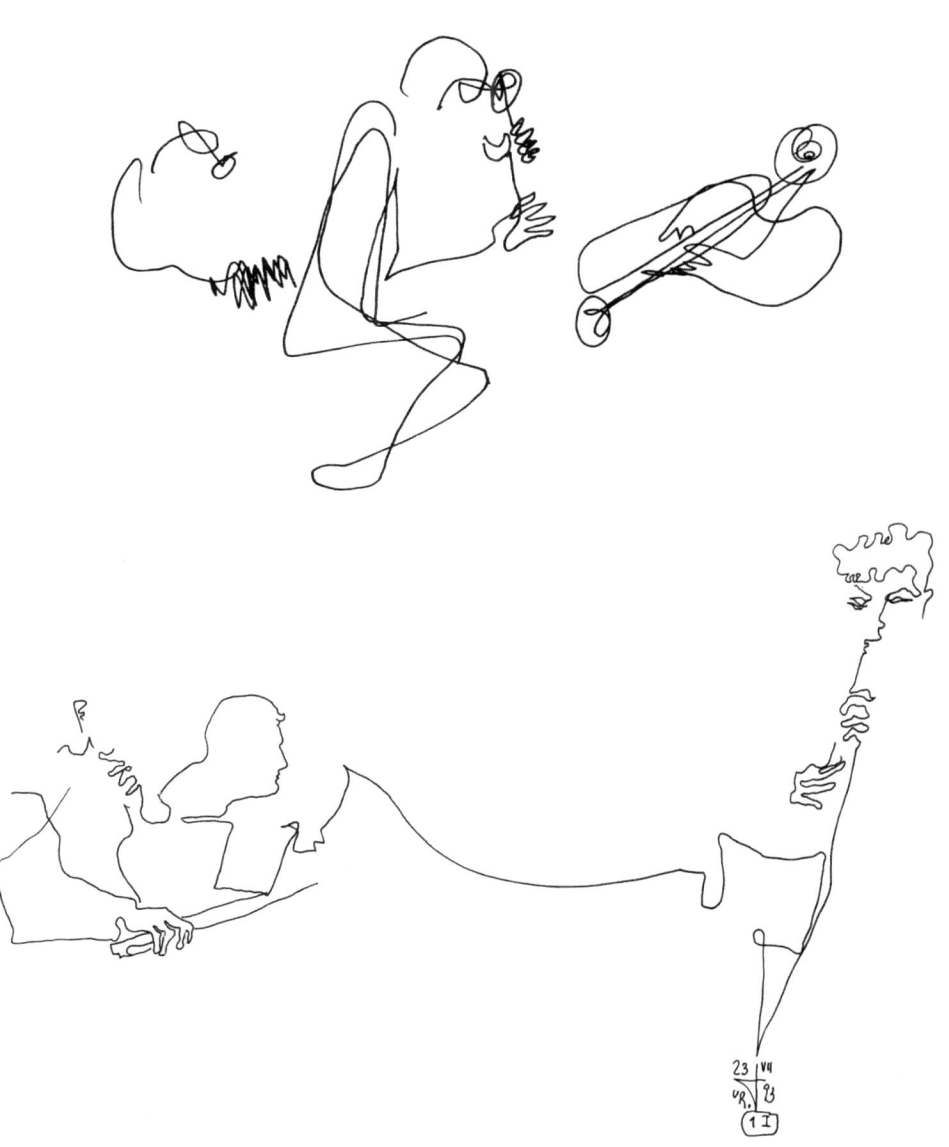

1993-07-20/23 Urbino „Concierto"

1993-07-28 Urbino „Ensayo"

104

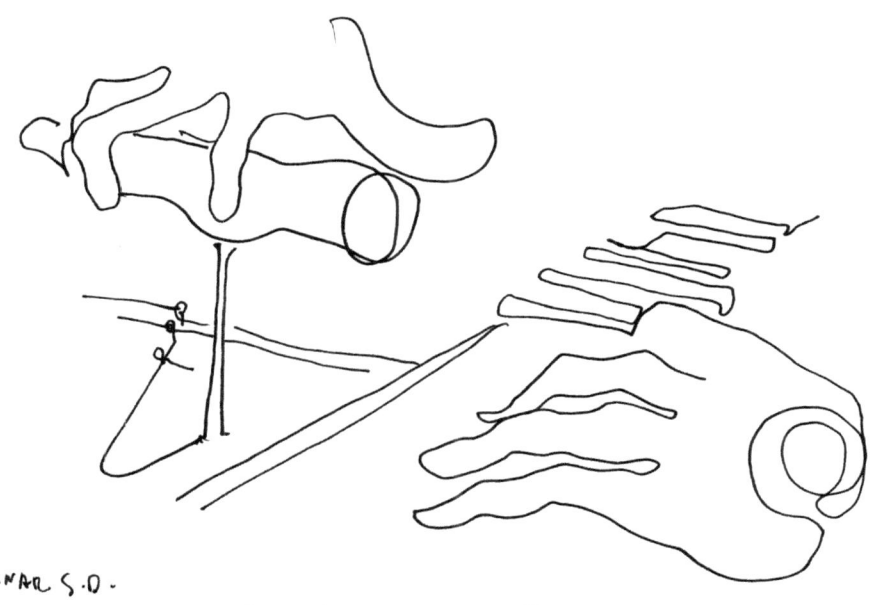

INARS.D.

1993-07-28 Urbino „Afinando... el clave..."

1993-07-29 Urbino „Pedro estudiando"

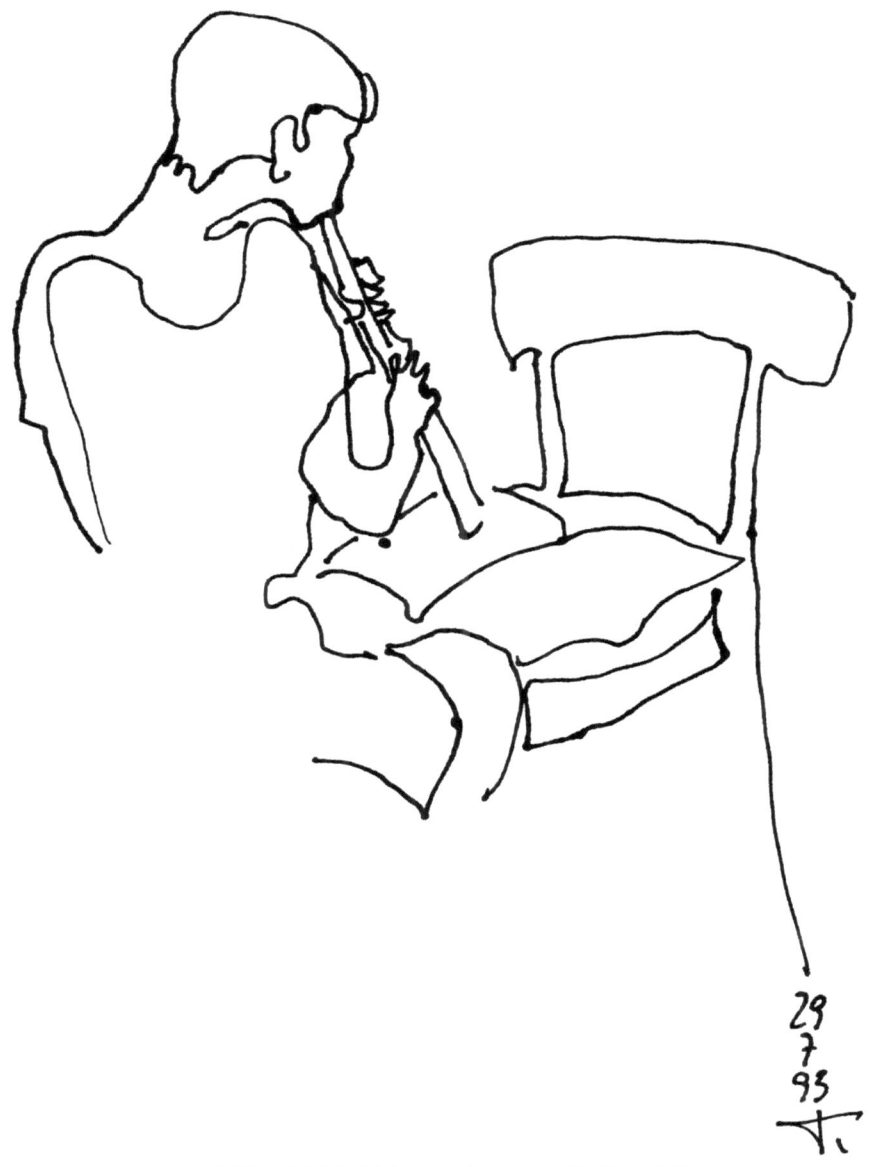

1993-07-29 Urbino „Pedro estudiando"

107

1993-07-29 Urbino „Pedro con alumnos"

1995-01-09 Buenos Aires „Estudiando"

1995-08-17 Belluno „Los dos“

110

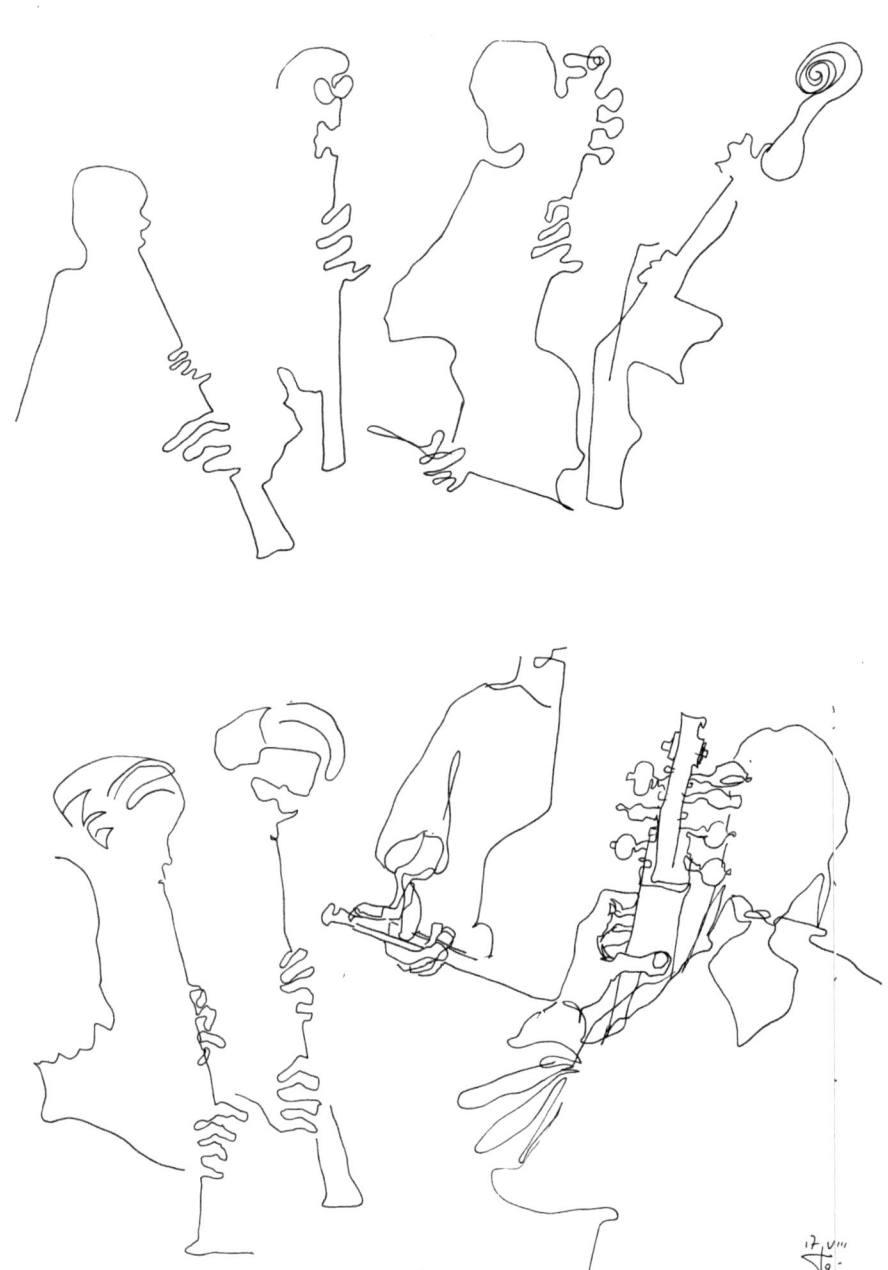

1995-08-17 Belluno

111

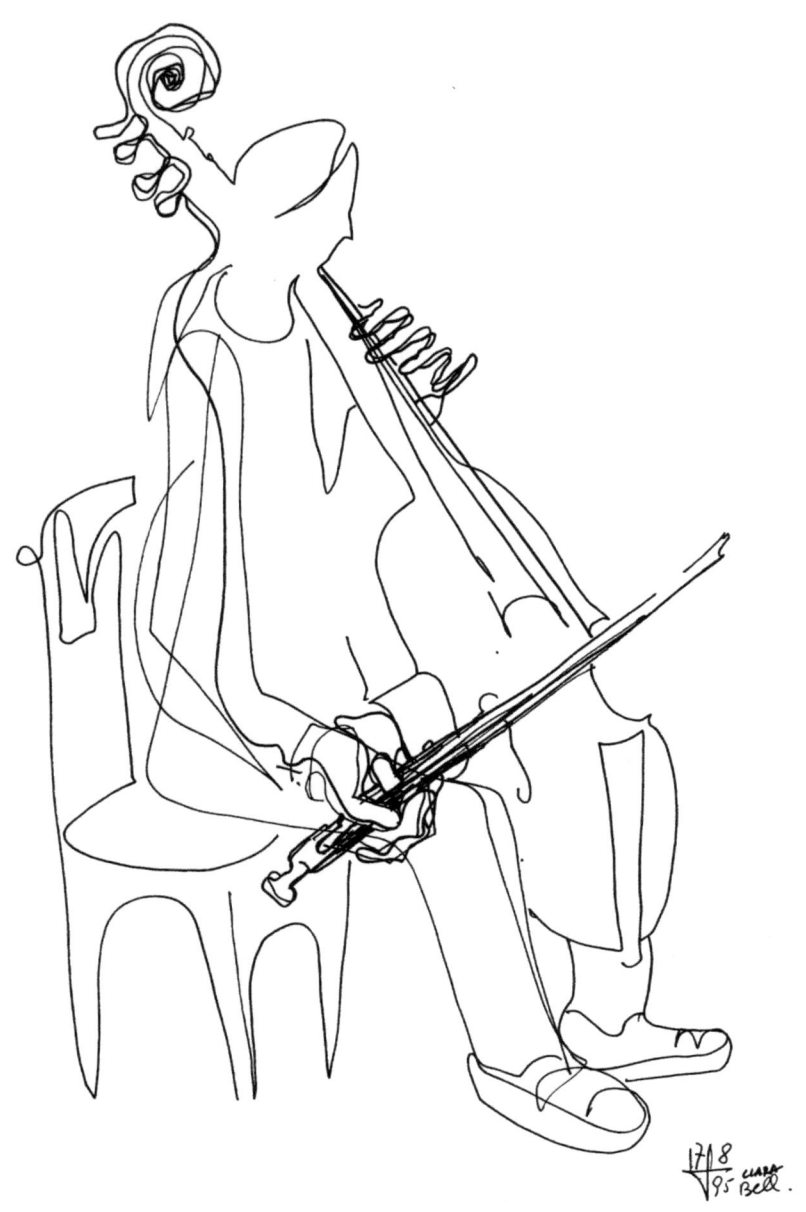

1995-08-17 Belluno, „Clara estudia"

112

1995-08-17 Belluno, „Clara interpreta"

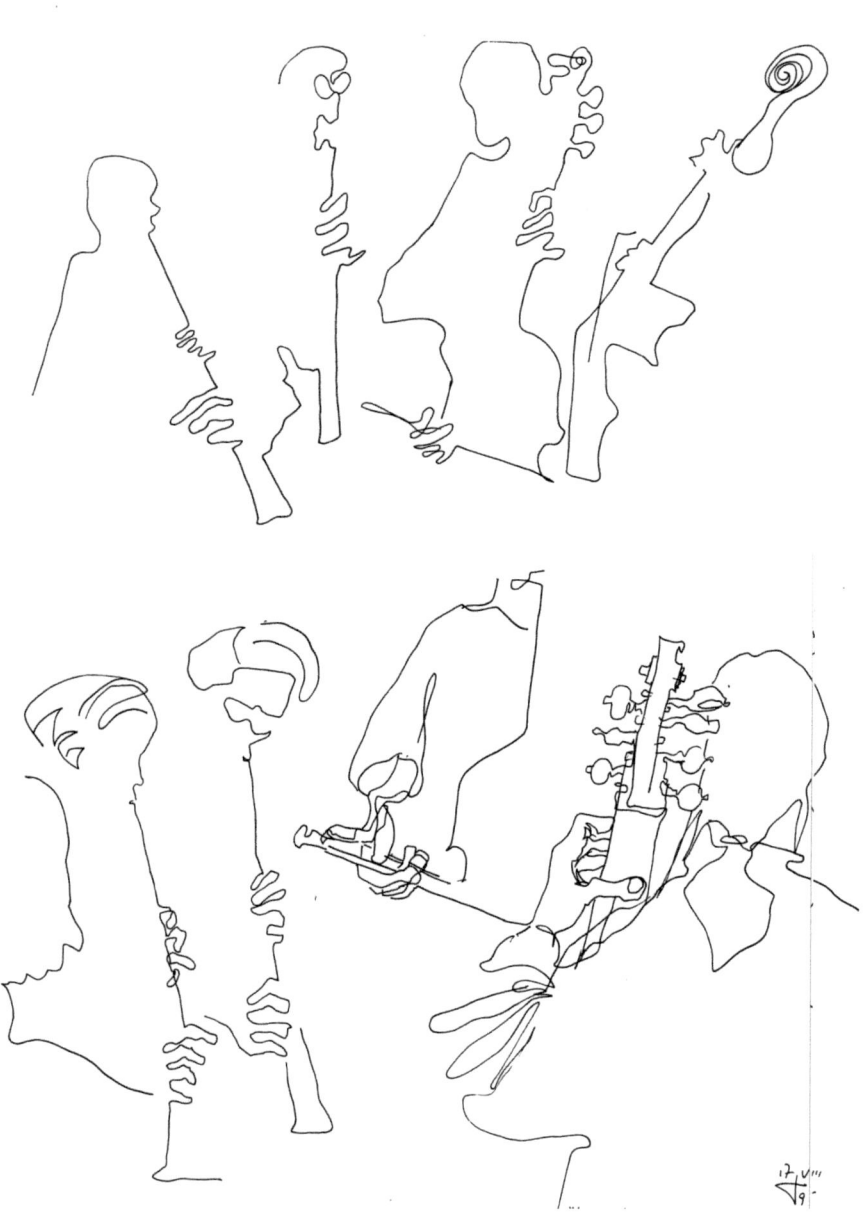

1995-08-17 Belluno

1995-08-18 Belluno

115

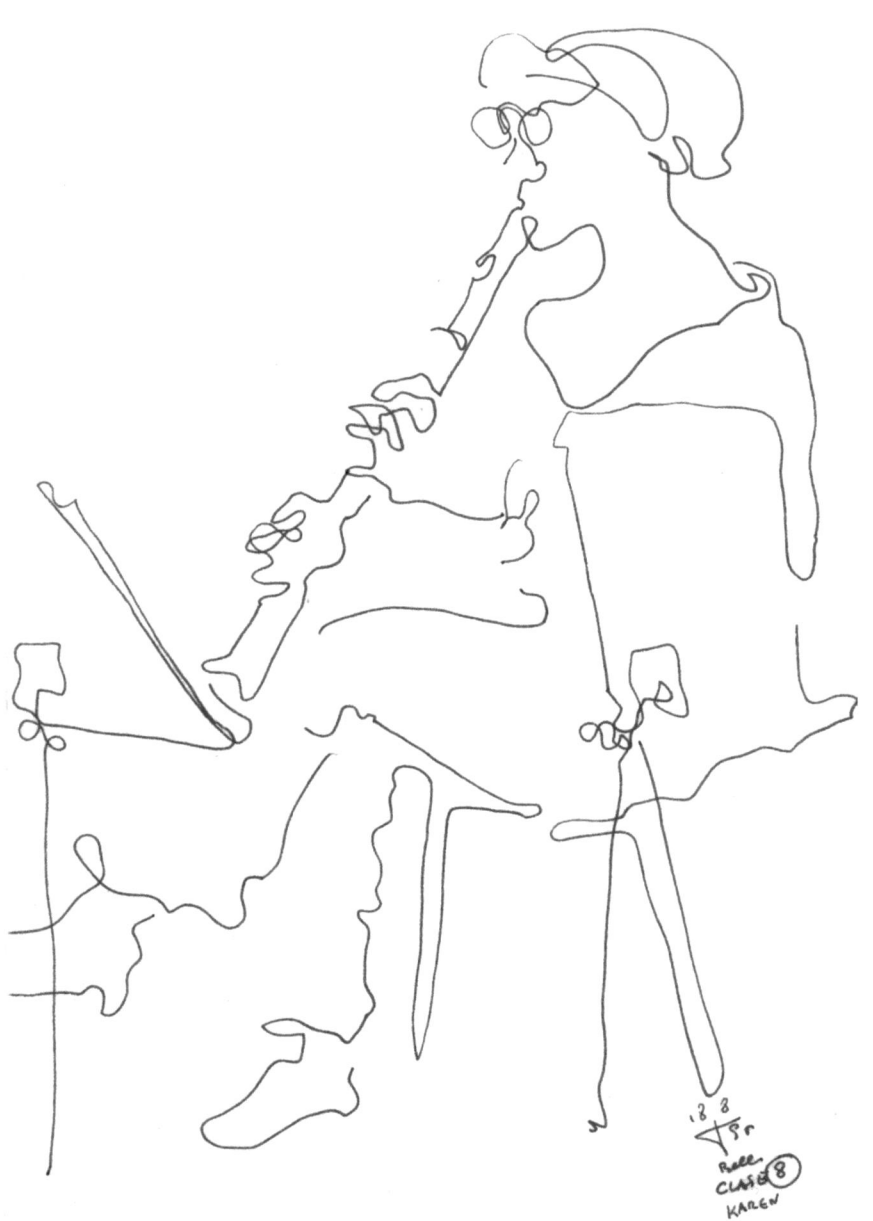

1995-08-18 Belluno, „Karen estudia"

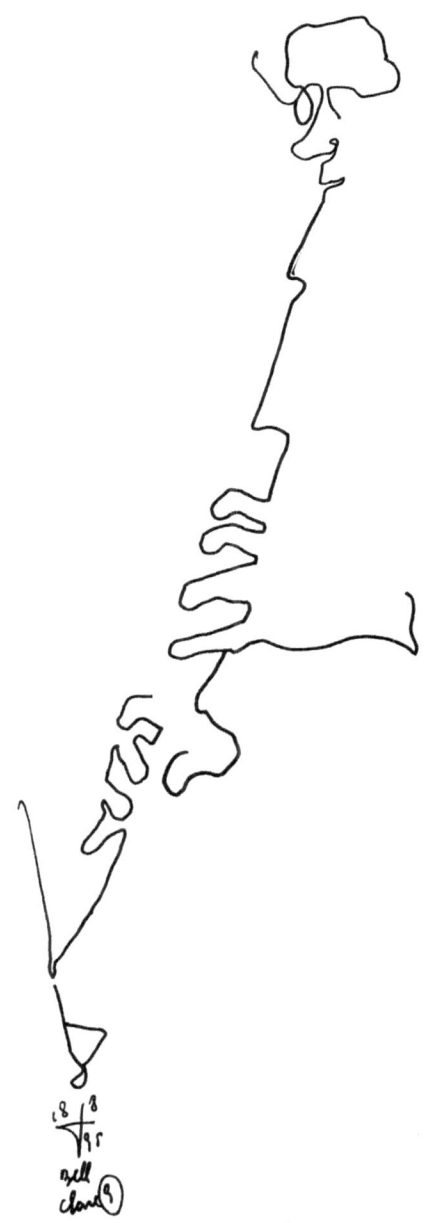

1995-08-18 Belluno „Solitario estudia"

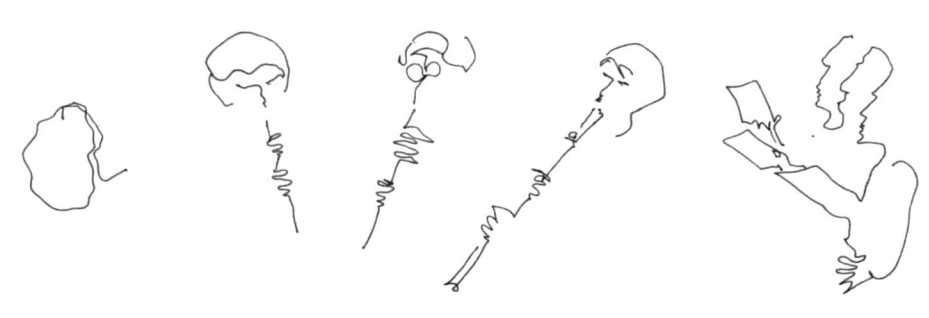

1995-08-18 Belluno

118

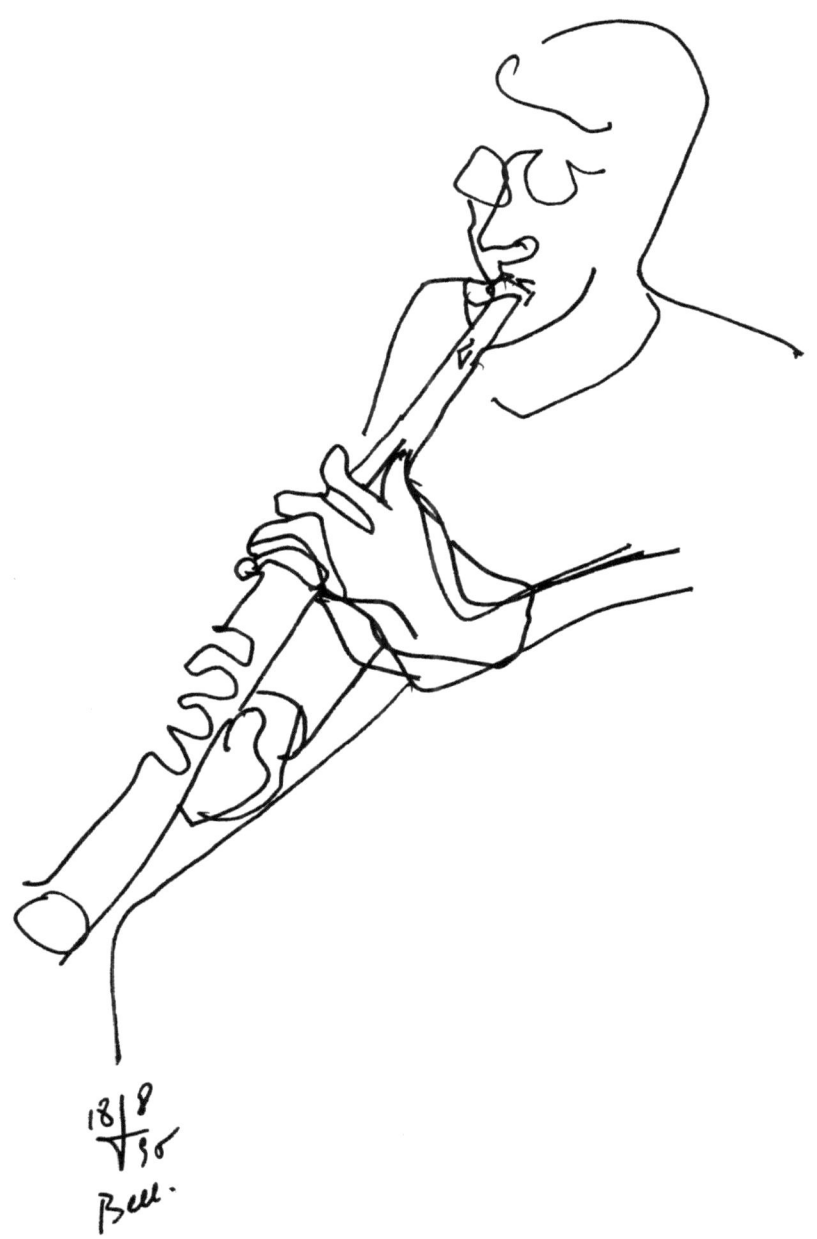

1995-08-18 Belluno „Ah, la flauta"

1995-08-19 Belluno

120

1995-08-19 Belluno „Documentación comprimida“

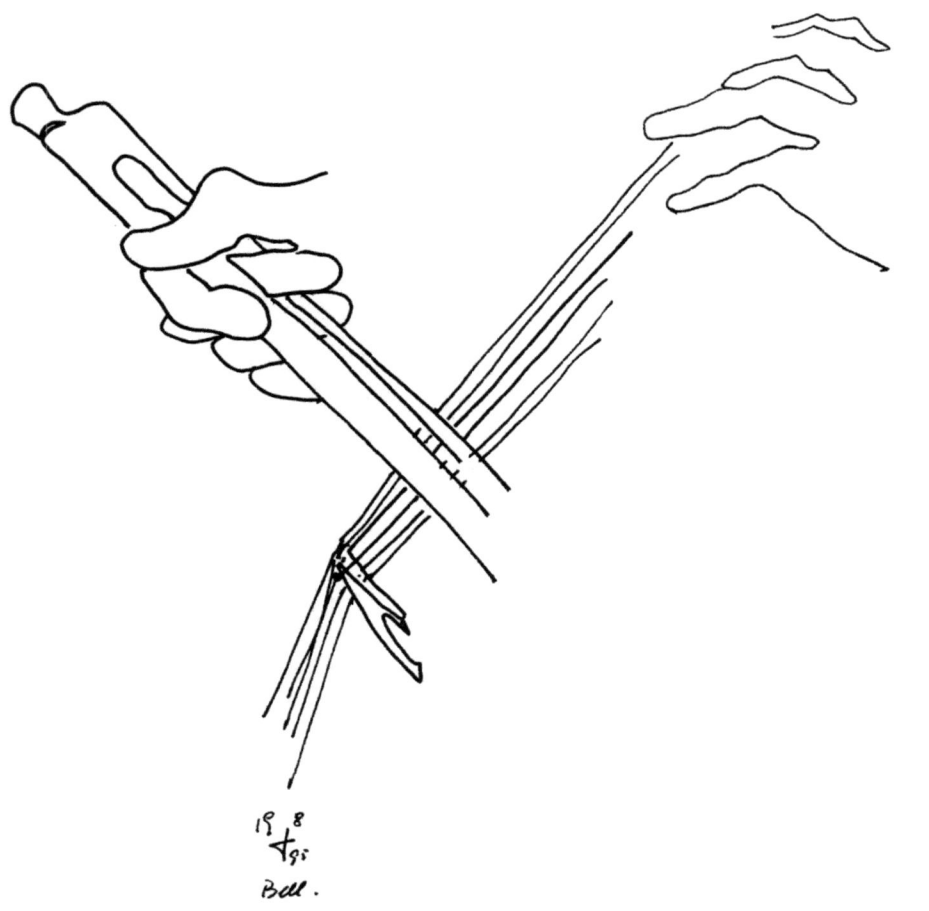

1995-08-19 Belluno „Manos"

1995-08-19 Belluno „Concerto"

123

1995-08-19 Belluno

124

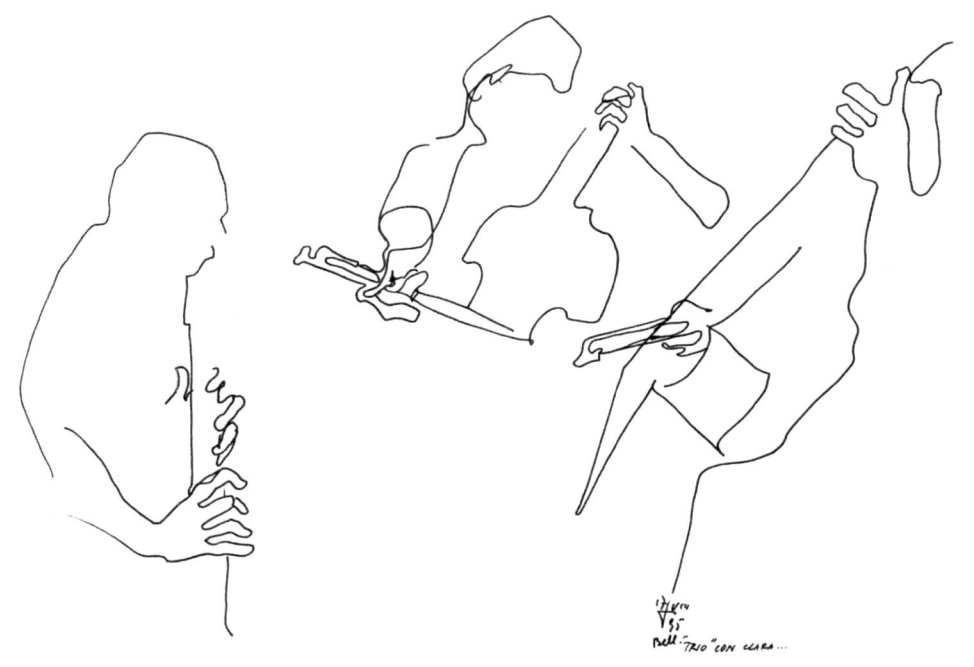

1995-08-27 „Trío con Clara"

1997-11-08 Berlin, „Con arpa"

1997-11-18 Wien, „Vor dem Konzert"

1997-12-04 „Quartett"

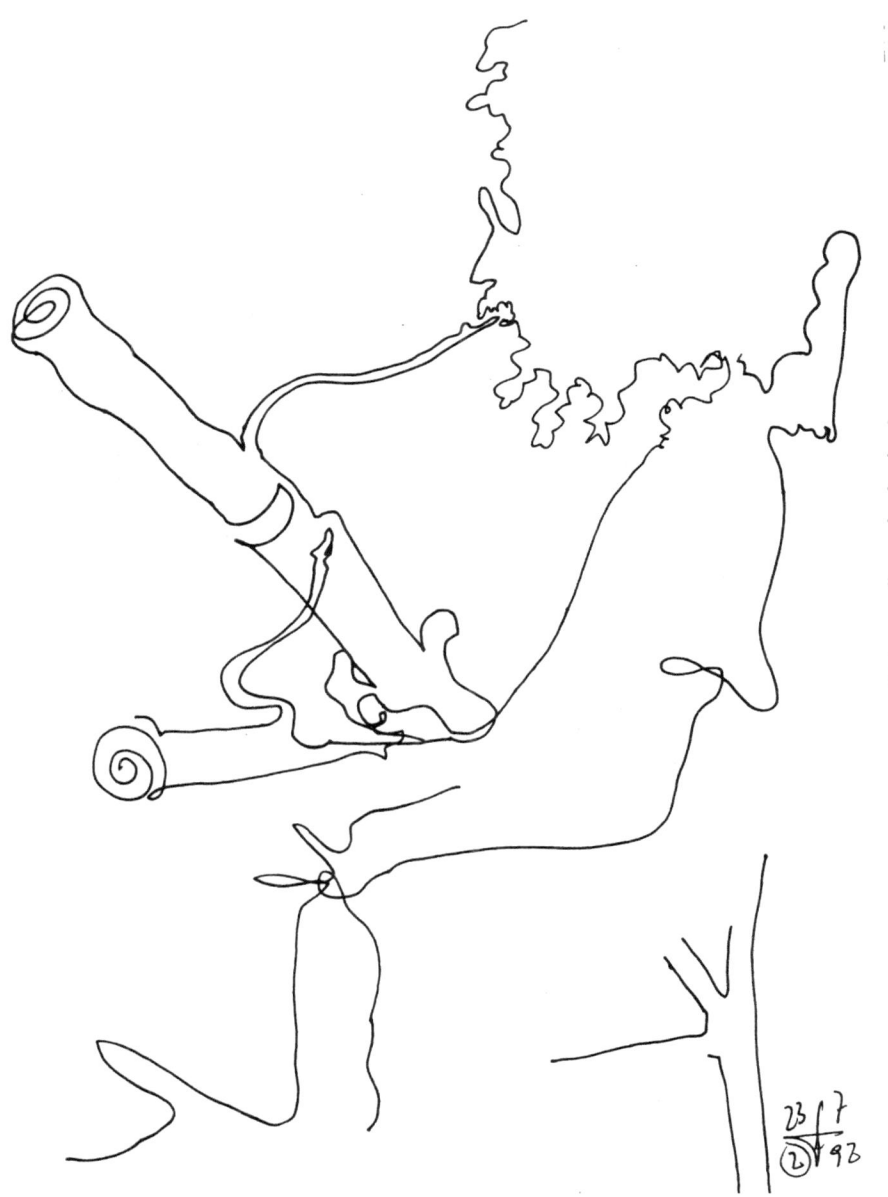

1998-07-23 Urbino „Larry"

129

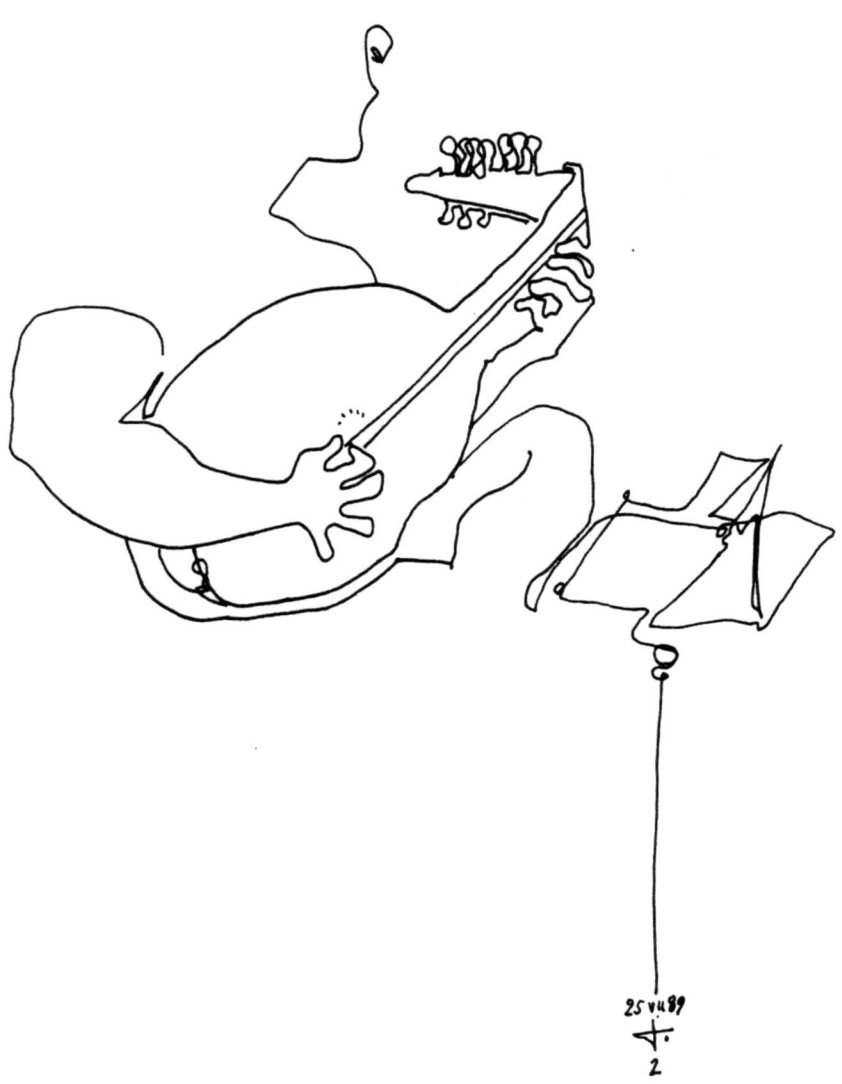

1998-07-25 Urbino

1998-07-26 Urbino „Piazza"

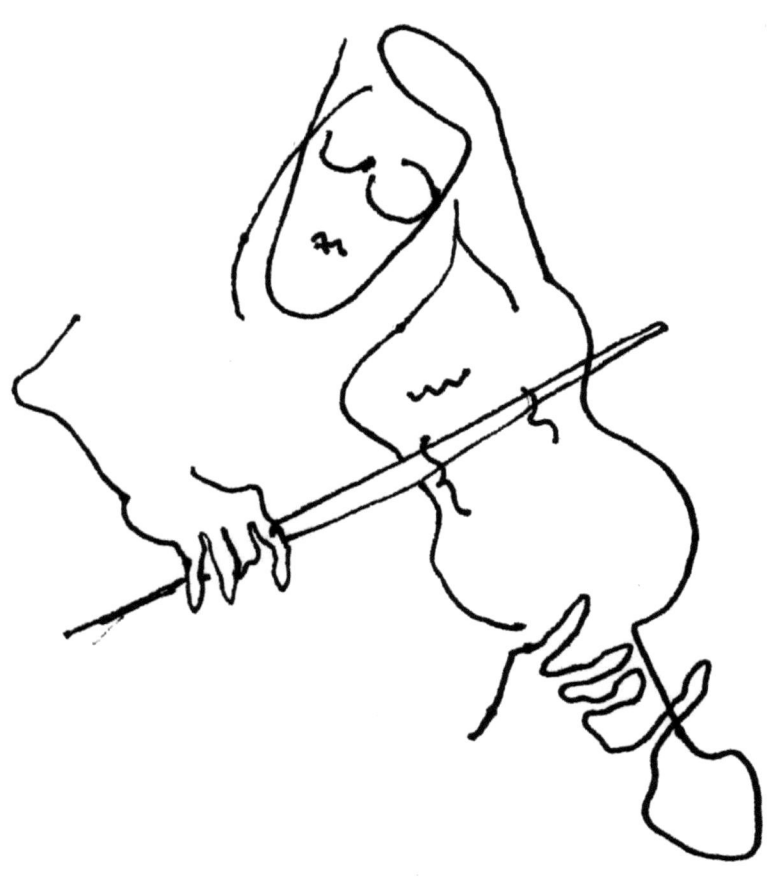

2000-08-19 Antwerpen

2000-08-19 Antwerpen

133

2000-08-20 Antwerpen, „Mala Punica"

"ENSAYO 20.VIII SALA GOTICA — ANTWERPEN: MALA PUNICA —

2000-08-20 Antwerpen, „Mala Punica"

135

2000-08-20 Antwerpen

2000-08-20 Antwerpen

137

2000-08-20 Antwerpen

138

2000-08-20 Antwerpen „El Director"

139

2000-08-21 Antwerpen „Preparativos concierto"

2000-08-21 Antwerpen

141

21 jvlu
2000
2

2000-08-21 Antwerpen

142

2000-08-21 Antwerpen „Diálogo explicative antes..."

2000-08-22 Antwerpen

144

2000-08-22 Antwerpen

145

2000-08-22 Antwerpen „Atención todos..."

2000-08-24 Antwerpen „Ensayo de Cantantes"

147

2002-05-06 Wien „Singende Lehrer"

148

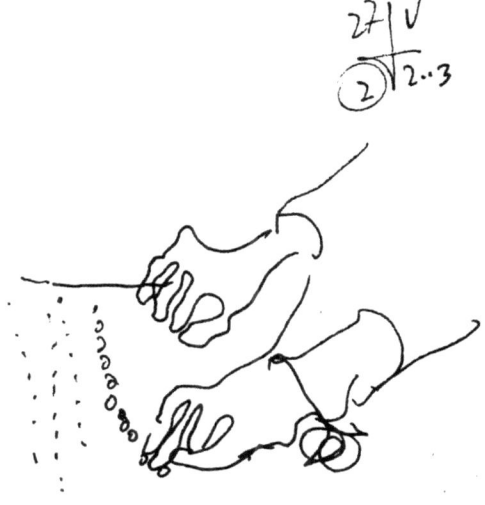

27 V
② / 2..3

2003-05-27 Wien „Proben"

149

2003-05-27 Wien „Konzert"

2003-05-27 Wien „Konzert"

2003-05-27 Wien „Probe"

2003-05-30 Wien „Vor der Probe"

153

2005-07-09 „Frauen Kammerorchester"

154

2006-04-28 Wien

ES GEHT AUCH SO!
Wien.
HEDWIG BRENNER

2006-05-04 Wien „Hedwig Brenner - Es geht auch so"

2006-05-05 Wien

Die Farbenpracht der Werke und das künstlerische Talent seiner Schwester Jutta (iutta) haben den Autor dazu verleitet 116 Reproduktionen ihrer Schöpfungen als Büchlein zu veröffentlichen. Es entstand ein Augenschmaus, ideal zum Genießen, zum Nachdenken und vielleicht auch zum Verschenken.

Texte auf Deutsch, Spanisch und Englisch.
Textos en alemán, castellano e inglés.
Texts in German, Spanish and English.

BoD GmbH (2004), 108 Seiten in Farbe, A5.
Im Buchhandel und in
Internet-Buchshops zu bestellen
Paperback, ISBN 3-8334-1497-9   22,- Euro

Das Illustrieren von Büchern ist eine der vielen künstlerischen Tätigkeiten von Jutta Waloschek (iutta).
Die meisten ihrer hier vorgestellten Zeichnungen wurden in zwei Büchern von Pedro Waloschek veröf-
fentlicht in denen die Teilchenphysik und ihre Ent-
wicklung dargestellt wird.

Texte auf Deutsch, Spanisch und Englisch.
Textos en alemán, castellano e inglés.
Texts in German, Spanish and English.

Pedro Waloschek (Hrsg.)

iutta und die Physiker

y los Físicos – and the Physicists

95 Zeichnungen *dibujos* Drawings

Atelier OpaL Productions

BoD GmbH (2005), 108 Seiten, DIN-A5.
Im Buchhandel und in
Internet-Buchshops zu bestellen
Paperback, ISBN 3-8334-2849-X   9,- Euro

Weitere Bücher von Pedro Waloschek:

„Wörterbuch Physik"

5500 Begriffe, mit englisch-deutschem Verweisregister.
TOSA-Verlag, Wien (2006),
Hardcover, 586 S., 128 Abb. (9,95 Euro)
ISBN 978-3-85003-025-0

„Die Malerin Astrid Grauer"

63 ihrer Werke (in Farbe)
BoD GmbH (2005), Paperback, 71 S., A5 (14,- Euro)
ISBN 3-8334-4342-1

„Todesstrahlen als Lebensretter"

Tatsachenberichte aus dem Dritten Reich
BoD GmbH (2004), 240 S., A5,
Hardcover, ISBN 3-8334-0979-7 (34,- Euro).
Paperback, ISBN 3-8334-1616-5 (15,90 Euro).

„Rolf Wideröe über sich selbst"

Leben und Werk eines Pioniers des
Beschleunigerbaures und der Strahlentherapie
BoD GmbH (2004), Hardvover, 203 S., A5 (33,- Euro)
ISBN 3-8334-0804-9

„Das Volkshaus Riesa und sein Architekt"

BoD GmbH (2001), Paperback, 120 S.,
17x22 cm (9,- Euro)
ISBN 3-8311-1810-8

S. auch: www.waloschek.de